山东省人文社会科学课题（2023-WHLC-108）阶段性研究成果

诠释学视域下的《西游记》研究

Study on *Journey to the West* from the Perspective of Hermeneutics

臧慧远　著

中国科学技术大学出版社

内 容 简 介

本书运用诠释学理论，对《西游记》400多年的研究历程进行了梳理、分析与论证，细述世界、作者、文本、读者对《西游记》意义生成起到的重要作用，以作出科学、合理的诠释。全书共八章，前四章借鉴诠释学理论，对各个时期的《西游记》进行解读，并结合社会背景、研究者思想进行细致考察，以做出客观评价分析；后四章主要对历代研究者关于《西游记》中主要人物唐僧、孙悟空、猪八戒、沙僧、二郎神、观音的观点进行诠释分析。

本书适合高校和研究机构的古代文学、传统文化的研究者，以及从事传统文化普及与应用的人员阅读、参考。

图书在版编目(CIP)数据

诠释学视域下的《西游记》研究/臧慧远著.—合肥：中国科学技术大学出版社，2023.10

ISBN 978-7-312-05745-8

Ⅰ.诠⋯　Ⅱ.臧⋯　Ⅲ.《西游记》研究　Ⅳ.I207.414

中国国家版本馆 CIP 数据核字(2023)第 147581 号

诠释学视域下的《西游记》研究
QUANSHIXUE SHIYU XIA DE《XIYOU JI》YANJIU

出版	中国科学技术大学出版社
	安徽省合肥市金寨路96号，230026
	http://press.ustc.edu.cn
	https://zgkxjsdxcbs.tmall.com
印刷	合肥华苑印刷包装有限公司
发行	中国科学技术大学出版社
开本	710 mm×1000 mm　1/16
印张	8
字数	157千
版次	2023年10月第1版
印次	2023年10月第1次印刷
定价	50.00元

前　言

　　古典小说《西游记》自明朝中后期问世至今已有400多年历史，是中华优秀传统文化的典型代表。400多年来关于《西游记》的研究从未停歇，主要集中在作者、成书（版本）、文本、传播四个方面，并且取得了丰硕的成果。随着时代和社会思潮的变迁，不同时代的研究者针对《西游记》提出了不同的解读观点，比如明代"心学"思潮解读，清代"证道""谈禅""释儒"思想解读，新文化运动时期出现了现代学术转型，改革开放新时期则出现了多元解读。时至今日，在"一带一路"倡议的指引下，在中华优秀传统文化创造性转化与创新性发展理论的指导下，西游文化得到了广泛的普及与应用，"一带一路"沿线地区的西游景点得到保护与开发，西游文化产业亦如火如荼地发展。《西游记》研究历经数百年积累，其间有丰富的成果、曲折的过程，足以构成一部波澜壮阔的《西游记》研究史。

　　随着学术研究的广泛交流和深入发展，现代诠释学理论引入中国并得到广泛普及，对《西游记》进行系统、深入的现代性诠释成为必要与可能之事。本书运用诠释学理论，对《西游记》400多年的研究历程进行了梳理、分析与论证，细述世界、作者、文本、读者对《西游记》意义的生成起到的重要作用，以作出科学、合理的诠释，既要重视文本的社会背景、作者的思想意识、文本的客观性，又要尊重读者的自主性，以期让大众正确认识西游、了解西游、爱上西游，从而弘扬西游文化，增强文化自信。

　　本书共分为八章。前四章借鉴诠释学理论，对各个时期的《西游记》进行解读,并结合社会背景、研究者思想进行细致考察,以作出客观评价与分析。后四章主要对历代研究者关于《西游记》中主要人物唐僧、孙悟空、猪八戒、沙僧、二郎神、观音等的观点进行诠释分析。

第一章为绪论,对研究背景、诠释学理论、研究方法进行了概述,使读者对本书的研究对象、方法特点和研究意义形成初步认识。

第二章,明清《西游记》的诠释研究。此章主要从社会政治经济、主流意识形态和小说观念的演变三个方面介绍了明清时期《西游记》诠释的社会文化背景,由此分析明清时期出现的主要观点:明末"心学"思想诠释、清代"证道""谈禅""释儒"等各派观点。

第三章,现代《西游记》的诠释研究。时间范围为1919年到1949年。这一期间,鲁迅、胡适等新文学大师按照现代学术研究的范式,突破了古代评点本的机械研究,实现了《西游记》研究的现代转型。

第四章,当代《西游记》的诠释研究。20世纪五六十年代,相关学者主要运用历史唯物主义的观点分析《西游记》;20世纪八九十年代,《西游记》研究呈现多元化、纵深化发展,在作者、成书(版本)、文本、传播四个方面,取得了丰硕的研究成果;21世纪以来,在新时代新思想的影响下、在"一带一路"倡议的背景下,《西游记》作为优秀传统文化的典型得到广泛普及和应用,文旅产业、影视传媒、网络游戏、文创作品等方面都能见到西游文化的影子,带来了广泛的社会效益和经济效益。

第五章,唐僧形象诠释。主要对唐僧形象从本事到文学作品再到《西游记》小说的演化和历代对唐僧的评论观点两个角度进行诠释。唐僧形象的演化,是从取经本事到传记《大唐大慈恩寺三藏法师传》,到宋元的《大唐三藏取经诗话》《西游记平话》《西游记杂剧》,再到小说《西游记》的演变过程。关于唐僧形象有肯定也有否定,更多的则是肯定,认为他是佛表儒里的古代知识分子的典型。

第六章,孙悟空形象诠释。主要从孙悟空的原型之争、社会学角度、文化哲学角度三个角度进行诠释。关于孙悟空的原型主要有"国货说""进口说""混血说""佛典说""石磐陀说""释悟空说"等。有关孙悟空形象的观点更多的是"作者理想体现说""心猿说"等。

第七章,猪八戒形象诠释。主要从猪八戒的原型之争和历代对猪八戒评论观点两个角度进行诠释。对猪八戒形象的代表性观点主要有"普通劳动者形象说""时代形象说""世俗形象说"等。

第八章,其他人物形象诠释。主要对沙僧、观音、二郎神三个人物形象进行诠释分析。对于沙僧形象,主要有"普通民众形象""苦行僧"等观点。对于观音形象,主要论述了民间的观音信仰、世俗性和母性形象。对于二郎神形象,主要分析了二郎神原型,并论述了他与孙悟空一样是作者理想的承载者。

本书在诠释学视域下,对《西游记》的研究历程进行梳理、概括、分析、归纳,认为世界、读者、文本、作者是诠释活动的四个重要方面。世界是文本形成的重要背景;读者是文本诠释的主体,起到了主导作用;文本是具有客观规定性的诠释对象;作者意图是诠释的重要参考。四者均对《西游记》意义的生成起到了重要的作用,只有四者兼顾,才能避免误读、曲解,才能更好地传承中华优秀传统文化。

"不积跬步,无以至千里;不积小流,无以成江海。"本书的写作得到了众多老师、好友的指导帮助。十多年前,在山东大学文学与新闻传播学院王平先生细心的指导下,我完成了博士毕业论文《〈西游记〉诠释史论》,并顺利通过毕业答辩。王平先生是山东大学中国古代小说研究领域的专家,治学严谨、视野开阔、思维敏捷、成果颇丰。感谢王平先生的谆谆教导,先生一直是我最尊敬的老师,是我读书与治学的楷模与榜样。

感谢淄博师范高等专科学校的刘悦教授。刘悦教授是古文字学专家,她专心学术、淡泊功名,在工作和生活方面给予我很多鼓励和支持,是我的诤友与良师。

限于作者的学术水平,本书在资料收集和撰写的过程中难免有疏漏之处,敬请广大专家、读者批评指正。

目　录

前言 ………………………………………………………………（ⅰ）

第一章　绪论 ……………………………………………………（1）
　　第一节　诠释学理论 …………………………………………（4）
　　第二节　研究方法 ……………………………………………（6）

第二章　明清《西游记》诠释研究 ………………………………（9）
　　第一节　明清社会诠释语境 …………………………………（9）
　　第二节　心学思想诠释 ………………………………………（17）
　　第三节　"证道"思想诠释 ……………………………………（22）
　　第四节　"谈禅"思想诠释 ……………………………………（28）
　　第五节　"释儒"思想诠释 ……………………………………（33）
　　第六节　明清诠释评论 ………………………………………（37）

第三章　现代《西游记》诠释研究 ………………………………（41）
　　第一节　现代社会诠释语境 …………………………………（41）
　　第二节　"游戏"说诠释 ………………………………………（45）
　　第三节　神魔小说与神话小说 ………………………………（49）
　　第四节　现代诠释评论 ………………………………………（52）

第四章　当代《西游记》诠释研究 ………………………………（56）
　　第一节　当代《西游记》研究概述 ……………………………（56）
　　第二节　社会性主题说诠释 …………………………………（59）
　　第三节　哲理性主题说诠释 …………………………………（65）
　　第四节　21世纪《西游记》诠释 ………………………………（71）

第五节 当代诠释评论 …………………………………………（74）

第五章 唐僧形象诠释 ……………………………………（76）
第一节 唐僧形象的演化 …………………………………（76）
第二节 关于唐僧形象的观点 ……………………………（79）

第六章 孙悟空形象诠释 …………………………………（82）
第一节 孙悟空原型之争 …………………………………（82）
第二节 社会学角度诠释 …………………………………（86）
第三节 文化哲学角度诠释 ………………………………（91）

第七章 猪八戒形象诠释 …………………………………（97）
第一节 猪八戒的原型 ……………………………………（97）
第二节 猪八戒形象观点 …………………………………（100）
第三节 猪八戒诠释评论 …………………………………（104）

第八章 其他人物形象诠释 ………………………………（106）
第一节 沙僧形象诠释 ……………………………………（106）
第二节 观音形象诠释 ……………………………………（109）
第三节 二郎神形象诠释 …………………………………（111）

参考文献 ……………………………………………………（115）

第一章 绪 论

古典小说《西游记》出现于明朝中后期(约16世纪),小说吸收了前代《大唐西域记》《大慈恩寺三藏法师传》等著作中记录的历史事实,一经问世便开启了后人对《西游记》研究的历史。目前,研究者认为拉开《西游记》研究批评序幕的是明万历二十年(1592年)出现的金陵世德堂《新刻出像官板大字西游记》(以下简称世德堂本或世本)。对《西游记》的批评几乎与小说问世同步,二者相辅相成、互相推介,小说得到了迅速传播,批评亦持续发展。明清时期评点批评的繁盛;新文化运动以来,现代学术研究的转型,特别是新中国成立后,关于《西游记》研究空前繁荣;21世纪以来,在新时代新思想的影响下,以及"一带一路"倡议的指引下,《西游记》这部古典名著更是得到广泛的应用和普及。《西游记》研究历经400余年积累,取得了丰硕成果,足以构成一部波澜壮阔的《西游记》批评研究史。

在古代小说研究中,相比其他"四大奇书"或"四大名著",《西游记》的研究地位并不突出,甚至有落后趋势,没有出现"金批《水浒》""毛批《三国》""张批《金瓶梅》"和"脂批《红楼梦》"这样优秀的评点本。其原因主要有:① 小说评点作为古代小说批评的主体样式,其主要特点便是重阐释、重解读、重个人感悟,具有极强的批评主体意识和读者介入趋向,这就使得作品的评点具有很强的主观随意性,往往会沦为批评者宣扬主张的工具;② 神魔小说的题材本身,宗教性与游戏性的杂糅,儒、释、道三教合一,神仙妖魔鬼怪九流驳杂,思想极为深奥玄妙,可以从各个角度对其进行不同的解读,这就为古代批评者提供了随心所欲的发挥空间,故各种批评渐出,相互诘难,无法统一。新文化运动时期,鲁迅、胡适等现代文学大师,排除众难,突破古代评点的主观性和机械性,实现了《西游记》研究的现代转型。新中国成立以来,《西游记》研究呈现出纵深、多元的发展态势。21世纪以来,在新时代新思想的指引下,《西游记》这部古典名著成为一超级IP①,被广泛应用到文旅产业、影视传媒、网络游戏等领域,带来巨大的经济效益。

清朝张书绅曾说:"《西游记》一书,原是千古疑案,海内一大闷葫芦。"的确,这个"闷葫芦"随着历史和时代思潮的演变,出现了众多的解读观点,《西游记》研究历程可分为三个阶段:明清时期是古代《西游记》研究的主观评点期;1919年至1949年是《西游记》研究的现代转型开创期;1949年至今是《西游记》研究复苏、繁荣并走向多元、纵深时期。各阶段具体阐述如下:

第一阶段,明清时期《西游记》研究主要是评点式的批评研究,主要集中在哲理、宗教层次上,出现了"释儒""谈禅""证道"各派观点。明朝世德堂本《西游记》卷首所载的《刊西游记序》被认为是古代西游记评点的发轫之作,同时期李评本《西游记》则用当时盛行的"心学"思想来阐释《西游记》,揭示其蕴含的"心学密谛",成为《西游记》的第一个成熟的评点本。此后,清朝的评点则分别出现了以《西游证道书》《西游真诠》《西游原旨》《通易西游正旨》《西游记记》《西游记评注》为代表的"证道"观;以《新说西游记》为代表的"释儒"观,其间亦掺杂三教合一的"谈禅"因素。"释儒""谈禅""证道",归根到底,都植根于统一的中华优秀传统文化土壤之中。《西游记》蕴涵儒、释、道三家文化内涵,成为中华优秀传统文化的经典载体。

第二阶段,1919年新文化运动到1949年新中国成立,实现了《西游记》研究的现代转型。现代文学研究中,出现了鲁迅、胡适、郑振铎等一批耀眼夺目的现代新文学大师,他们引进西方理论,阐释全新的价值观念、评价标准,重新阐释与定位《西游记》。鲁迅撰写的《中国小说史略》及《中国小说的历史的变迁》,在史学的背景下研究《西游记》,不仅将《西游记》纳入神魔小说的发展轨道,还对《西游记》的主题进行了经典的阐述。胡适的《〈西游记〉考证》对《西游记》的作者问题、成书问题、演化、人物来源、八十一难的历史依据进行了全面的考评,并且提出主题"游戏说"的观点。此外,郑振铎的《〈西游记〉的演化》,孙楷第的《中国通俗小说书目》《日本东京所见中国小说书目》,陈寅恪的《〈西游记〉玄奘弟子故事之演变》等均对《西游记》从故事渊源、作者、版本、人物等方面进行了系统的阐释与研究,取得了巨大成绩。比如,在版本问题上,郑振铎认为永乐本是《西游记》的祖本,孙楷第则对版本问题进行了详细辨别,提出许多真知灼见;对于孙悟空的原型,鲁迅认为其源于中国古代神话淮水水怪无支祁,胡适则认为其源于印度史诗《罗摩衍那》中的神猴哈奴曼,陈寅恪从中西比较的视角探讨了

---

① 超级IP,又叫超级知识产权,是指有较高的读者、观众或粉丝群体,具有一定的社会影响力的知识产权。

孙悟空与猪八戒的原型;郑振铎则对故事演变作了详细的论述。现代研究者们披荆斩棘,开创了《西游记》研究的现代范式,促成了《西游记》研究的现代转型。

第三阶段,当代《西游记》研究,主要是1949年新中国成立至今。当代《西游记》研究多与社会发展、时代命运紧密地联系在一起,并逐渐走向深化、多元、全面的繁荣。1949—1966年,《西游记》研究侧重于探讨主题思想,这一时期取得的成果主要集中在《〈西游记〉研究论文集》(作家出版社,1957年版)中。该论文集收录了1949—1957年有关《西游记》研究的主要成果,运用历史唯物主义批判的方法来评论《西游记》,共收录论文18篇。1966—1976年,这一阶段对《西游记》研究成果较少,故本书不作展开论述。20世纪80年代至20世纪末,《西游记》研究呈现出全面复兴与繁荣的景象。这一时期不仅对前人的研究成果进行了反思,提出了新的意见观点,还确定了全新的学术观念和科学方法,使得《西游记》研究迈入多元化。1982年10月,首届全国《西游记》学术讨论会在连云港、淮安两地召开,涉及《西游记》的故事演变、主题、艺术、版本、作者思想等,并编辑出版了《西游记研究》,此后第二届、第三届全国《西游记》学术讨论会相继召开,关于《西游记》研究突破前期的单一化,开始逐渐走向全面繁荣阶段。这一时期出现了许多著名的《西游记》研究者,如张锦池、吴圣昔、赵国华、朱一玄、刘荫柏、苏兴、张静二、胡光舟等。21世纪以来,在新时代新思想的指引下,以及在"一带一路"倡议的影响下,《西游记》的研究、普及和应用得到了突飞猛进的发展。2017年8月,由中国西游记文化研究会和连云港政府联合主办的"西游记文化产业建设圆桌会议"在北京召开,此次会议联合发起成立了"一带一路西游记文化产业联盟"。2019年11月,"2019《西游记》高端论坛"在华东师范大学举行,此次会议的主题是"一带一路"倡议背景下《西游记》学术研究的现代转型。2022年12月,由中国西游记文化研究会主办的"2022年全国《西游记》学术研讨会"召开,此次会议的主题是推动《西游记》深入研究,弘扬《西游记》的当代价值,坚定文化自信,发挥优秀的传统文化在当代社会生活中的积极作用。现今,与"一带一路"倡议、非遗保护、文化研究、文创艺术、西游文旅、主题娱乐、影视游戏等相融合的西游文化产业发展如火如荼。

《西游记》研究在取得成绩的同时,也存在较多问题,主要有:① 研究虽涉及广泛,但各自为营,关于作者(吴承恩)研究、版本研究、源流(成书)研究、人物原型研究、宗教文化研究、文本校勘研究、文献研究等较多,但缺乏整体联系,只是在各自层面上孤立展开;② 由于现代研究学科的分支往往将研究对象主要集中在主题、人物、版本、作者方面,而对新文化运动时期,乃至明清时期的《西游记》研究缺乏完整认识和系统的评价;③ 大量引进西方理论,却浅尝辄止,将其生搬硬套到作品研究中,提出大量的新说,以哗众取宠、沽名钓誉。因此,在对

《西游记》从古至今400多年间的整体把握上,需要既可以支撑起其宏大性、历史性,又不失在细微处对具体问题展开研究的理论研究,而西方诠释学理论和方法正适合使用。

第一节　诠释学理论

小说的诠释属于文学诠释学的一部分。诠释学作为一种专门学科或理解的艺术,源远流长,其源头可以追溯到古希腊时期。但诠释学的哲学化进程却是从1654年丹豪尔(J. K. Dannhauer)的《圣经诠释学或圣书文献诠释方法》开始的,这是西方第一部以"Hermeneutik"命名的著作,而且作者加强了这个词的哲学意味。[①] 从丹豪尔到1838年施莱尔马赫出版的文集《诠释学与批判》,其间诠释学主要作为语文学、神学和法学的诠释方法。施莱尔马赫的《诠释学与批判》出版,标志着哲学诠释学的诞生。因为他的诠释学开始超越具体的领域,以一般意义的理解作为自己的研究对象。从那时算起,西方哲学意义上的诠释学至今已有160多年历史。其大致经历了以下几个阶段或形式:一般诠释学(施莱尔马赫)、生命诠释学(狄尔泰)、此在诠释学(海德格尔)、哲学诠释学(伽达默尔)、批判诠释学(哈贝马斯)、综合诠释学(利科尔)、解构诠释学(德里达)等,出现了像狄尔泰的《诠释学的起源》、海德格尔的《存在与时间》和伽达默尔的《真理与方法》等重要著作。

20世纪70年代末,西方诠释学开始在中国传播;80年代中期,其逐渐受到重视和关注,并产生了一系列的效应。在众多效应中,最主要的效应是引发了人们思想方法的深刻变革。在此之前,人们在理解观上多与西方古典诠释学的理解观相当,秉持本质主义、客观主义,即将文本意义等同于作者原意,并认为这种意义对读者而言是独立的,缺乏对理解本身进行深刻的反思。而西方现代诠释学的兴起和传入,则向我们展现了这种反思的丰硕成果,随着"解释的循环""前理解""先见""效果历史""时间距离""视域融合"等一系列新概念的出现和传播,传统的理解观得到迅速扭转和更新。海德格尔认为,"任何一种存在之理解都必须以时间为其视野。"[②]"时间已经不再主要是一种由于它作出了分离因而有待沟通的鸿沟,而是,它实际上正是现在根植于其中的过程的支撑基

---

① 洪汉鼎.诠释学:它的历史和当代发展[M].北京:人民出版社,2001:54.
② 海德格尔.存在与时间[M].陈嘉映,王庆节,译.北京:三联书店,2006:1.

础。"①作品的意思是在时间中展开,人们理解的正是在不断展开的时间中的意义。而这些对传统理解的更新直接影响到人文学科的发展。研究者认为,要从事人文科学研究,必须要有诠释学的素养基础,诠释学本来同人文科学、精神和传统就有着深切的联系,并主要从这个系统内发展起来,人文学科是推动诠释学前进的重要动力之一。人们开始尝试将诠释学和人文、社会科学相结合,如历史学、法学、美学、文艺学、语言学、翻译学、心理学、艺术批评等方面,并陆续出版了一些专门性诠释学的专著,如文学诠释学、法学诠释学、圣经诠释学、历史诠释学等。此外,在许多并不以诠释学冠名的人文、社会科学的论著中,我们也可以领略到诠释学的精神和气息。

正是在这样的学术背景下,本书尝试着将诠释学与中国古代小说《西游记》相结合,总结历代对《西游记》的诠释活动和诠释观点。之所以要借鉴西方诠释学理论来研究《西游记》,主要有以下两个主要原因:一方面,文学研究应该善于吸收国内外的理论学说,当然也包括西方诠释学。超越民族和语言界限的理论,可以为文学研究提供一个学理基础,使我们可以研究历史上毫无关联、文化上各不相同的作品,由此获得对作品本质的见解。另一方面,在中国文学批评史上,人们对作品的解读活动是十分积极的,对《西游记》的解读也是从其问世之日便伴随而生,之后更是出现许多种见仁见智的解读。运用诠释学的理论,将散见在卷帙浩繁的文学批评著作中的观点加以挖掘、整理和总结,更有利于挖掘作品的主旨和本质。

近年来,在古代文学与诠释学相结合上,出现了一系列优秀著作,例如,李剑亮的《宋词诠释学论稿》、洪涛的《〈红楼梦〉与诠释方法论》、柳宏的《清代〈论语〉诠释史论》。而在古代小说著作领域则出现了相关论文,例如,张同胜的《〈水浒传〉诠释史论》、付岩志的《〈聊斋志异〉诠释史论》、郭素媛的《〈三国演义〉诠释史论》、张明远的《〈金瓶梅〉诠释史论》,而与《三国演义》《水浒传》同为世代累积型作品的《西游记》的诠释作品则相对较少,因此本书的研究实有必要。笔者有感于《西游记》400余年的研究史,在作者、成书、文本、传播等方面取得的丰硕成果,对其进行整体上的考察,贯通古代、现代和当代三个主要发展阶段,挖掘隐藏在小说背后的世界、作者、文本、读者等因素,在历时性与共时性的整合中诠释《西游记》。作品经过400余年的流传传播,提供了研究的历史尺度,其间出现的观点演绎则提供了诠释的内容,历史的逻辑和观点的合理诠释,从而帮助读者更好地阅读和理解《西游记》,避免曲解、误读,进而促进西游文化的广泛普及和合理应用。

---

① 伽达默尔,甘阳.时间距离的解释学意蕴[J].哲学译丛,1986(1):64.

第二节 研究方法

一、《西游记》研究史与诠释理论的结合

在研究工作中,当确立了研究对象和基本思路后,选择恰当的研究方法十分关键。如何将西方的诠释学理论与《西游记》研究史相结合是笔者面对的首要任务。《西游记》题材和内容的复杂性、深奥性,与社会、文化、宗教深刻而复杂的联系,使得研究者可以对它作出不同的解读,这就为诠释活动打下了可行的基础。历史上对于《西游记》的解读为什么会出现如此巨大,甚至本质的差别?要回答此问题,从诠释学的角度进行观照不失为一种可行的方法。因为"诠释是就已有的文化与语言的意义系统作出具有新义新境的说明与理解,它是意义的推陈出新,是以人为中心,结合新的时空环境与主观感知展现出来的理解、认知与评价"。① 每一位读者对《西游记》的阅读、理解,都是在其所处的特定时空环境中,且由他本人的主观感知决定的。

伽达默尔在《真理与方法》一文中提出了"时间距离"这一说法,认为时间的强大性使得客观作品不断被激活,以及被赋予新的见解,而我们则是在"熟悉物"与"陌生物"的相互作用中阐述见解,更加注重对阐释当代意义的追寻,认为"对一本书或一艺术品的真正意义的发现是永无止境的:它事实上是一个无限的过程。不只是新的错误源泉不断被消除以致真正的意义从那遮蔽它的一切东西中透滤而出,而且新的理解源泉也在那里源源出现,揭示了意想不到的意义因素"。② 正是在时间的长河中对阐释意义的追寻,使得《西游记》具有了持久的生命力,并在不同时期及不同理论的影响下,呈现出不同的解读观点。

在《西游记》的诠释过程中,有诸多诠释因素对其产生了影响,主要有历史背景、文化环境、小说自身规律的演变、研究者个人等因素。

(1) 历史背景。《西游记》400余年的发展的研究史本身便是由不同的历史背景所造就出来的。历史背景的发展变化为《西游记》带来各种不同的诠释观点。

(2) 文化环境。不同社会中的人往往都从属于不同的文化环境和意识形态,遵循不同的价值评判标准和行为准则,对事物的观点也会持有不同的态度,

---

① 李翔海,邓克武. 成中英文集:本体诠释学[M]. 武汉:湖北人民出版社,2006:132.
② 伽达默尔. 时间距离的解释学意蕴[J]. 哲学译丛,1986(3):64-65.

由此作出迥然不同的认知和解读。

（3）小说自身规律的演变。小说观念的演变不断影响着世人对《西游记》的诠释，比如清朝小说评点式的解读，注重个人感悟，将个人主观意识强加于作品之上，从而出现"释儒""谈禅""证道"等莫衷一是的说法。

（4）研究者个人。研究者个人的思想、认识水平对诠释活动也有重要的影响。研究者的研究活动主要有两种情况：一种是受到同时代研究结果的影响，进一步导致研究者的研究结果对普通民众产生影响；另一种是特定时代对作品的普遍评价与诠释历史性地被留存下来，并对后来的研究者产生影响，后来研究者对之既有沿袭、完善，也有批判。

诠释理论认为在特定的历史环境条件下产生的文学作品，往往带有特定时代特色，并且一经产生，后人便会对它有不同的解读，是多样性的，而且会随着时代的发展更新迭出。如果作品的原旨为作品思想之"本"，那么不同的解读就为研究之"新"，而对作品的诠释就是要在"返本"与"开新"之间开创研究的意义价值。对《西游记》研究的诠释就是要在人们的不同争论、不同解读中探寻作品的本意，开创其当下的意义价值。

二、其他研究方法

学术研究中的方法受研究对象与目的的制约。《〈西游记〉诠释史论》的研究对象和目的十分清楚，即对象为《西游记》诠释者和诠释观点，目的是了解《西游记》研究的进程和特点，分析世界、作者、文本、读者等因素对《西游记》诠释的影响。对此，应坚持以下五种方法：

（1）实事求是，坚持理论与实际相结合的方法。《西游记》研究首先面对的就是漫长的时间跨度和庞杂的史料，在尽可能全面占有史料的同时，对资料进行综合把握、史论结合是本书最基本的要求。唯物辩证法的核心是理论联系实际，我们进行一切实践活动都必须遵循此实践方法。

（2）宏观与微观相结合。关于《西游记》400余年的研究史是一个宏观的整体，但其是由无数个成果、历史细节、具体材料积累而成的。这就需要做好文献的整理与索引工作。宏观论题包含着微观成分，微观材料中也透露出宏观信息。撰写诠释史论既要宏观把握《西游记》研究中的基本问题、重大事件、代表观点，也要对问题、事件、观点中的微观信息了然于胸，如同《西游记》中的八十一难是由征服一座山、跨过一条河等具体事件组成的一样。

（3）重视文本。这里的文本包括了作品本身和诠释文本。诠释文本不仅包括对原典加以诠释的诠释文本，还包括对诠释文本再进行诠释的诠释文本。对原典文本的阅读、理解、分析，可以让我们体验文本创作时的文化语境和文化背景,从而获得最初理念。而诠释《西游记》,我们接触到的更多的是诠释文本,它们如水珠一样组成《西游记》诠释史的长河。掌握诠释文本与作品的最初理念可以了解《西游记》诠释史的进程规律。

(4) 史论结合。史论结合在某种程度上对研究者提出了更高的要求。研究者首先要熟悉历史、了解历史,在此基础上,再依据有关事实、参照有关理论对历史作出分析与评价。《西游记》诠释史,首先是纵向历时性的,表现为一个动态的发展过程,需梳理历史线索、理清发展脉络;其次在横向性上,要具体详细地研究《西游记》在每一历史阶段中代表性的研究者和研究观点。将纵向与横向相结合,纵向线索赋予历史感和史学品位,横向透视则给予丰满的血肉和理论的生气。

(5) 西方理论方法的采用。陈大康在《论〈西游记〉的两次争辩》一文中关于《西游记》研究方法称:"古今中外的各种学说,人文科学或自然科学的各种理论……它们本来就有相通之处,借鉴不仅是可能的,而且是必要的,但绝不是可以随心所欲的。"[1]他指出了合理地借鉴各种方法的重要作用。因此,在《西游记》诠释史上,古今中外的各种方法皆可采用,"学无新旧,术无中西",中国古典作品与西方理论方法的融合,必将推进学术研究的持续发展。

总之,选择合适的方法可以对研究工作起到事半功倍的效果。但是应认识到,任何方法在体现其合理性的同时,也不可避免地带有局限性。

---

[1] 陈大康.关于《西游记》的两次争辩[N].文汇报,2004-02-29.

第二章　明清《西游记》诠释研究

在古代《西游记》诠释史上，评点批评占有极为重要的地位。明清《西游记》评点诠释主要包括两个部分：一是肇始于明朝金陵世德堂刊行的《新刻出像官板大字西游记》(世本)，成熟于晚明《李卓吾先生批评西游记》(李评本)，鼎盛于清朝"证道""谈禅""释儒"各派的评点，这是明清《西游记》评点诠释的主体。二是散见于文人笔记、小说、序跋等著作中的零星杂论。"杂论是指散见在各种杂记笔记中的片段言论和各种版本的序跋文字，其中有探讨作者和时代的，也有评论作品思想内容和表现手法的，基本上是随想和札记。"[①]此部分相对于评点本而言，虽数量较少，但评论范围广，可以更为自由地抒发个人观点。这两部分相辅相成、互相补充，构成了《西游记》评点诠释的基本体系。

第一节　明清社会诠释语境

明清之际，社会政治经济变革、主流意识形态、文化潮流、小说观念和文人思想等，都对此时《西游记》诠释共同产生影响。本节主要从政治经济变革、主流意识形态、小说观念演变三个方面予以梳理、整合，建构明清《西游记》诠释的宏观背景。

一、政治经济变革

明清之际，中国传统封建体制开始衰落、瓦解，新的社会生产方式出现，并开始向近代转型。在社会经济上，主要表现为商品经济的发展、城市的繁荣、市

[①] 石昌渝.《西游记》研究的历程[C]// 大连明清小说研究中心.稗海新航：第三届大连明清小说国际会议论文集.沈阳：春风文艺出版社，1996：128.

民阶层的壮大。在当时,大江南北出现了一些比较繁荣的都市,有"极盛"的金陵、"天堂奢风"的苏州、"人间佳丽之地"的扬州,中心城市北京、金陵、苏州、杭州、广州等地商贾云集,省会城市西安、太原、扬州、嘉兴等地皆称富庶。比如对于杭州商业的繁荣,文献记载如下:

> 杭俗儇巧繁华,恶拘检而乐游旷,大都渐南渡盘游余习……本地止以商贾为业,人无担石之储,然亦不以储蓄为意,而舆夫仆隶,奔劳终日,夜则归市肴酒,夫妇团醉而后已,明日又别为计。①

商人的地位得以提升:

> 正德以前,百姓十一在官,十九在田……昔日逐末之人尚少。今去农而改业为工商者,三倍于前矣。昔日原无游手之人,今去农而游手趁时者,又十之二三矣。大抵十分百姓言之,已六七分去农。②

经济的发展、商业的繁荣、城市的出现、商人地位的提高、市民阶层的壮大,必然带来社会生活方式的转变,以及新的价值观和道德观。当时的社会风尚一改之前的俭朴淳厚、贵贱有序,而开始追求奢靡、新异的生活方式。例如,服饰上讲究华丽时尚,饮食上铺张浪费。

> 今之富家巨室,穷山之珍,竭水之错,南方之蛎房,北方之熊掌,东海之腹炙,西域之马奶,真昔人所谓富有四海者。一筵之费,竭中家之产,不能办也。③

> 即以吾苏而论,洋货、皮货、绸缎、衣饰、金玉、珠宝、参药诸铺,戏园、游船、酒肆、茶店,如山如林,不知几千万人。有千万人之奢华,即有千万人之生理,若欲变千万人之奢华而返于淳,必将使千万人之生理亦几于绝,此天地间损益流通,不可转移之局也。④

过分地讲究饮食服饰也引起了社会风俗的衰落:

> 风俗自淳而趋于薄也,犹江河之走下而不可返也,自古慨之矣。吾松素称奢淫、黠傲之俗,已无还淳挽朴之机。兼之嘉(靖)、隆(庆)以来,豪门贵室导奢导淫,博带儒冠长奸长傲,日有奇闻叠出,岁多新事百端。牧竖村翁竞为硕鼠,田姑野媪悉恋妖狐,伦教荡然,纲常已矣。⑤

---

① 王士性.广志绎:卷四[M].北京:中华书局,1981:123.
② 何良俊.四友斋丛说:卷一二[G]//元明笔记史料丛刊.北京:中华书局,1959:57.
③ 谢肇淛.五杂俎卷:论风俗[M].北京:中华书局,1959:23.
④ 顾公燮.消夏闲记摘抄[M].北京:中华书局,1982:45.
⑤ 范濂.云间据目抄:卷二[M].北京:中华书局,1979:83.

强调奢华、时尚、新异的生活方式使得人们对"阳春白雪"的高雅诗词丧失兴趣,而热衷于文学作品浓郁的世俗色彩,强调作品的娱乐功能,追求作品的闲适化、世俗化。长篇章回体小说因适应此社会经济风尚,开始崛起并兴盛,甚至取代传统诗文,进而成为中国文学的主流。通俗小说的商业化、娱乐化正好适应了社会生活世俗化的要求。《西游记》作为明朝通俗小说典型代表之一,对明朝社会的商业生活、市民思想均有所反映。比如对商品生产和贸易的描写,在《西游记》第五十四回写道,老少妇女均"在街上做买做卖","市井上房屋整齐,铺面轩昂,一般有卖盐卖米,酒肆茶房,鼓角楼台通货殖,旗亭侯馆挂帘栊";在第六十二回则写道街市"货殖通财"、人物"衣冠隆盛"。对于商人形象的描写,《西游记》第四十八回则写道:"我这边百钱之物,到那边可值万钱;那边百钱之物,到这边亦可值万钱。利重本轻,所以人不顾生死而去。常年家有五七人一船,或十数人一船,漂洋而过。"对此,唐僧给出的评价是"世间唯名利最重,似他为利的,舍生忘死"。取经过程中,唐僧师徒为掩盖身份往往打扮成商人模样,便是因为商人骡马车担的行头往往不会引起别人的注意。由这些描述可以看出,《西游记》鲜明地打上了商品经济的烙印,显示出明后期社会由农业文明向商业文明转变的历史潮流。

二、主流意识形态

社会经济和风尚的转变也引起思想意识领域的变化。这主要表现为传统儒学的式微,内有王阳明心学和李贽"童心"说的兴起和发展,外有儒、释、道三家思想合一,正所谓"红花白藕青荷叶,三教原来是一家",这共同构成了明清之际的主流意识形态。

明朝社会,儒家思想受到挑战,宋明理学在价值观念上强调"居敬穷理""与理为一",注重对人格的修养和道德的完善。可是明朝商品经济的发展,使得人们的义利观、价值观发生转变,以求得利益最大化为目标的商业与商人得到前所未有的肯定。强调人的主观能动性,肯定欲望的合理性,这些都促成了心学思潮的出现和繁荣。王阳明心学盛行于嘉靖初期到万历末年,对晚明社会产生了深刻影响。

王阳明心学提出"良知"说,主张以"致良知"的方式来加强内心的自省,以达到"破心中贼"的目的,实现"自明本心""反身而诚",从而达到"万物一体""致知格物"的目的。所谓"致知格物",即

> 所谓致知格物者,致吾心之良知于事事物物也。吾心之良知即所谓天理也。致吾心良知之天理于事事物物,则事事物物皆得其理矣。致吾

心之良知者致知也。事事物物皆得其理者格物也。是合心与理而为一者也。①

"礼欲之辩""存理去欲""万物一体""致知格物"构成了王阳明"心学"思想的核心,肯定了人的主体意识和独立人格,客观上为之存在与发展提供了广阔的天地。这些都对明朝《西游记》批评研究产生了深刻的影响。单看明朝金陵世德堂刊行的《新刻出像官板大字西游记》二十卷的编目方式,是以邵雍《清夜吟》为据而编——"月到天心处,风来水面时。一般清意味,料得少人知。"

王阳明心学之后,李贽在《西游记》的评点中,写出了自己对《西游记》的独到见解。李贽认为,《西游记》为儒、释、道三教合一的作品,并说"三教已括于一部"。后来清朝的评点本多以三教合一、仙佛同源为旨归,明显地受到李贽"三教合一"观点的影响。

明清时期尤其在清朝,儒、释、道三教则开始了新一轮的互补合流。在中国古代三教合流的趋势早已有之,南北朝时期"初显端倪"、隋唐五代"全面铺开"、宋元明"已趋定型"。② 中国社会现实与文化土壤提供了援佛入儒、援道入儒的基础,佛道二教宣扬的"性善"恰好与传统儒家的仁义、天命思想相合拍,所以"儒家凭借着自己在中华民族的心理习惯、思维方式等方面的重大影响,以及王道政治与宗法制度方面的优势,公开地或暗地里把释道二教的有关思想内容渐渐地纳入自己的学说体系与思维模式中,经过唐朝五代之酝酿孕育,至宋明时期终于基本上吞并释道二教,建立起一个治儒、释、道三教于一炉,以心性义理为纲骨的理学体系"。③ 清人论曰:"三教之派分虽异,而其原则同。儒教以修身济世,本身不免一死;释道二教,一以明心济世,一以练身济世,本身复得长存。甚至仁民爱物,劝善戒恶,悉皆同焉。"④

儒、释、道三教合一的情况对明清《西游记》的评点诠释产生了深刻的影响。比如清朝出现了专门的"证道""谈禅""劝学"的评点本,又如《西游真诠》的序者尤侗自称打通三家,融会佛、老。整个《西游真诠》则认为,《西游记》佛道互证、仙佛同源。

三、小说观念演变

中国古典小说经历了上古神话传说、先秦寓言、魏晋志怪、唐传奇、宋元话

---

① 王阳明.传习录[M].北京:中华书局,1979:178.
② 唐大潮.明清之际道教"三教合一"思想论[M].北京:宗教文化出版社,2000:2.
③ 赖永海.佛道诗禅:中国佛教文化论[M].北京:中国青年出版社,1990:85.
④ 仲瑞五堂主人.几希录·儒、释、道论[M].上海:上海古籍出版社,1995:362.

本,一直到明清小说特别是长篇章回体小说为终结的流变过程。明清通俗小说不仅是一个时代的文学主潮,还是中国古代文学的最后阶段和最高阶段。明清小说的繁荣不仅表现在通俗小说的流通、涉猎内容的广泛等方面,也表现在小说评点批评的兴盛。

明清通俗小说的繁荣不仅与商品经济发展、市民阶层壮大、尚俗的社会风俗有密切的关系,更与明中叶以来印刷业的发达有直接联系。印刷业的突飞猛进催化了通俗小说的大量流行和繁荣。明中叶形成了吴、越、闽、蜀全国四大刻书基地。所刻图书经史子集、佛经道典、程朱墨卷、小说戏曲无所不包。新兴的刻书中心则有南京、北京、苏州、徽州、湖州等地,仅据《古今书刻》统计,苏州刻书一百七十六种、南京刻书二百七十四种、建阳书坊刻书三百六十八种①。印刷业的繁荣无疑为通俗小说大量产生并流通传播提供了重要条件。

明清小说涉猎内容广泛,现代研究者将其划分为神魔小说、英雄传奇小说、历史演义小说和世情小说四类。其中关于神魔小说,鲁迅在《中国小说的历史的变迁》中这样指出:"当时的思想,是极模糊的,在小说中所写的邪正,并非儒和佛,或道和佛,或儒、释、道和白莲教,单不过是含糊的彼此之争,我就总括起来给他们一个名目,叫作神魔小说。"②这个定义包括了三个内容:一是"三教同源"的宗教背景;二是以人化了的神魔为主要艺术形象;三是将神与魔的二元对立,"含糊的彼此之争"作为小说的主要内容。《西游记》便是明清神魔小说的典型代表,此后在其影响下出现了一系列神魔小说作品,诸如《封神演义》《三宝太监西洋记》《西游补》等。

小说的繁荣必然带来小说批评的兴盛,类同于古代诗文的繁盛时出现诗文批评。评点是中国古代小说批评的主要形式。评点包括在文章卷首卷尾、字里行间所加的圈点、眉批、夹批、回评、总评等。关于评点的特点,清人张潮这样讲:

> 文自昭明而后,始有《选》名;《书》从匡、郑以来,渐多笺释。盖由流连欣赏,随手腕以加评;抑且阐发揄扬,并胸怀而迸露。兹集触目赏心,漫附数言于篇末;挥毫拍案,忽加赞语于幅余。或评其事而慷慨激昂,或赏其文而咨嗟唱叹。敢谓发明,聊抒兴趣;既自怡悦,愿共讨论。③

近代,叶朗在《中国美学史大纲》中说:

---

① 来新夏.中国古代图书事业史[M].上海:上海人民出版社,1990:283.
② 鲁迅.中国小说的历史的变迁[M]//鲁迅全集:九.北京:人民文学出版社,1981:327.
③ 张潮.虞初新志·凡例[G]//清代笔记小说大观(一).上海:上海古籍出版社,2007:217.

小说评点作为一种文学批评和小说美学的独特形式,既可以对读者的阅读欣赏进行指导,又可以对作家的创作经验进行总结;既可以对作品的总体进行美学概括,又可以对作品的细部进行具体的艺术分析;既可以从各个角度议论作品本身的得失,又可以结合作品的评论,探讨各种美学理论问题。因此,它比较灵活,比较自由,容量比较大。①

可见,小说评点的内容多为对作品思想内容的评判发挥和对小说艺术的研究,侧重于对小说艺术创作规律的探讨。评点的主要特点是注重阐释、解读、感悟,注重批评者的个性表现,具有极强的批评主体意识和读者介入倾向,能够使读者从评点者的点拨中驰骋想象、产生共鸣。不可避免的是,评点具有主观性和随意性,容易使批评脱离客观文本,从而产生一些曲解附会的理解。

明清时期出现了数量众多的小说评点本,《西游记》评点作为个案与整个明清小说评点批评相互补充:后者是前者的诠释背景,前者是后者的有机组成部分。明清时期的评点本,他们站在不同的立场,从不同侧面,运用繁复的方法和众多的文字,对作品进行了深入细致的解读。新文化运动时期,鲁迅、胡适、郑振铎都曾撰文表示对评点本的否定看法,这与当时的社会文化思潮有关。叶朗在《中国小说美学》与《中国美学史大纲》中完全否定明清时期《西游记》评点本,认为这些评点本"并不是明小说评点的代表作"②等。在撰写明清《西游记》诠释史中,众多的《西游记》评点本是《西游记》古代研究中的主要内容,因此对它们应予以正视,在承认其不足和谬误的前提下,对其做深入、细致的分析评论,并总结出明清《西游记》评点诠释的价值。

四、《西游记》评点概述

学界通常认为《西游记》的评点起于《李卓吾先生批评西游记》(以下简称李评本),本书以金陵世德堂刊刻于明万历二十年(1592年)的《新刻出像官板大字西游记》(以下简称世本)为始,主要是因世本中不仅有陈元之的《序》,也包含八条夹批共67字。数量虽少,但所透露出来的信息意义重大。如果说世本为《西游记》评点的发轫之作,李评本则为成熟之作。明清《西游记》诠释不仅包括系统的评点本,也包括明清士人笔记、小说、序跋等文体中所包含的关于《西游记》的真知灼见。以下首先对从明末到清末年间出现的众多《西游记》评点本做简要的概括。

---

①② 叶朗.中国美学史大纲[M].上海:上海人民出版社,1985:360.

（一）《新刻出像官板大字西游记》

《新刻出像官板大字西游记》，简称世本，由金陵世德堂刊刻于明万历20年（1592）。共二十卷，每卷五回，主要是按照"月到天心处，风来水面时。一般清意味，料得少人知"（《清夜吟》）20个字编排。卷首有署名"秣陵陈元之撰"的《刊西游记序》，序后题"时壬辰夏端四日"，《序》半页6行，每行12字。正文有插图196幅，并配有题词。批注只有少量夹批，分单行和双行小字两种形式。该本现存于台北故宫博物院，台北天一出版社和上海古籍出版社有影印本。

（二）《李卓吾先生批评西游记》

《李卓吾先生批评西游记》，简称李评本，刊刻于明泰昌、天启、崇祯年间[①]。不分卷，一百回，配有插图，共200幅。卷首有署名"幔亭过客"的题词，后有"凡例"五条。正文有眉批、夹批及总评，回末总评字数最多。改本现分别存于中国历史博物馆和河南省图书馆。巴黎国家图书馆、英国大英博物馆、日本内阁文库等均有藏本，中州书画社出有影印本。

（三）《西游证道书》

《西游证道书》刊刻于康熙二年（1663年）。不分卷，共一百回。目录题"新携出像古本西游记证道书"，目录下署"钟山黄太鸿笑苍子、西陵汪象旭澹漪子同笺评"。卷首有"原序"，署"大历己巳翰林学士临川邵庵虞集撰"，次《邱长春真君传》，次《玄奘取经事迹》，卷末有黄太鸿跋。第九回载有"陈光蕊赴任逢灾，江流僧复仇报本"，为明刊本所无，以下十、十一、十二回目，皆与今本同。后来评注本皆沿袭之，载有第九回陈光蕊事。现存于北京国家图书馆、日本内阁文库、京都人文科学研究所。

（四）《西游真诠》

《西游真诠》刊刻于康熙三十五年（1696年）。共一百回。卷首有康熙丙子（1696年）中秋西堂老人尤侗序，此为康熙甲戌"真诠自序"。正文第一回有"山阴悟一子陈士斌允生甫诠解"，每回末有较长的"悟一子曰"诠解。正文配有插图，共20幅。此本翻刻较多，国内外图书馆均有收藏。

[①] 关于李评本的刊刻时间，学术界争论较大，这里采用苏兴的考证，定为泰昌、天启、崇祯年间。

（五）《新说西游记》

《新说西游记》刊刻于乾隆十四年（1749年）。共一百回。卷首有张书绅的《自序》。次《西游记总论》，署"乾隆戊辰秋七月晋西河张书绅题"。次张书绅《新说西游记总批》，次张书绅"新说西游记全部经书题目录"，共52篇。正文有夹批、回前评和回后评。正文回目后和回前评前记有"经书题目录"，如第一回"大学之道"，第二回"在明明德，在新民，在止于至善"，等等。张书绅评语繁多，字数为所见全部《西游记》版本中最多者。此书国内外均有收藏，如北京国家图书馆、北京大学图书馆、日本东京大学图书馆等。

（六）《西游原旨》

《西游原旨》刊刻于嘉庆十三年（1808年）。共二十四卷，一百回。卷首有"山居歌"，署"栖云山悟元子俚语"。后有"西游原旨序"，署"乾隆戊寅孟秋三日榆中栖云山素朴散人悟元子刘一明自序"。正文半页10行，每行24字，有插图6幅，有"长春演道主教真人丘祖本末""西游原旨读法"四十五条及"西游原旨歌"等。原刊本现存于甘肃省图书馆，其他刊本在国内外图书馆均有收藏。

（七）《通易西游正旨》

《通易西游正旨》刊刻于道光十九年（1839年）。卷首有"通易西游正旨自序"，署"无名子自序"，次"邱长春真人事迹"，次"道光己亥"，署"受业何廷椿谨识"，次"无名子"跋。正文有绣像四幅，有题诗。正文首页题："通易西游正旨分章注解　峨邑张含章逢源注受业眉山友松何廷椿校。"正文半页10行，每行22字。现藏于北京国家图书馆、北京大学图书馆、北京师范大学图书馆、日本东京都立日比谷图书馆等。

（八）《西游记记》

《西游记记》无刊刻本，存抄本，时间为咸丰八年（1858年）。卷首有三篇"西游记叙言"，正文题"西游记记　咸丰岁在丙辰正月初六甲子　怀明　戊午重阳后三日甲申重订。"正文并未全部录入《西游记》全文，而是根据评点需要，将各回的主要情节进行概括。每四回为一个单元，每回前有回前总评，文中双行夹批。现存于北京国家图书馆，有影印本。

（九）《西游记评注》

《西游记评注》刊刻于清光绪十八年（1892年）。卷首为自序，署"光绪辛卯六月含晶子自叙",次为"邱真人西游记目录"。有回前评,正文有夹批。部分回末节录了悟一子《西游真诠》中的部分评语。

由以上可见,自《西游记》出现后,其文本评点峰起,从明末开始一直到清末,平均每30年出现一部,其时间之长、频率之大、评点之多,不仅是同时期其他小说所无法比拟的,也构成明清《西游记》诠释的丰富内容。

除系统的评点本外,明清《西游记》评点还有散见于文人笔记、序跋等著作中的评论。据目前所能收集到的《西游记》的零散评论,约有70篇①。评论内容广泛,涉及作者、版本、主题、艺术等多个方面,基本上是随想和札记,比较真实地反映了《西游记》在文人中的评论。

第二节　心学思想诠释

明清时期,心学与个性解放思潮渗透到社会的各个领域,文学研究亦不例外,在明朝《西游记》的评点中更是大行其道。现代很多研究者将明朝《西游记》研究的主旨归为"心性"说,认为《西游记》的取经过程实际上就是一条明心见性的心路历程。此种观点肇始于世本,点睛于谢肇淛的评论,成熟于李评本。

一、心学评点的开创:世本

世本前撰有陈元之的《刊西游记序》,作者陈元之的生平已无可考。陈元之的《刊西游记序》全文只有672字,虽然简短,但言简意丰、辞近旨远,对后世的《西游记》研究影响至大。该书在一开始便对作者模糊的传闻做了简短的记录:"《西游》一书不知其何人所为。或曰出今天潢河侯王之国,或曰出八公之徒,或曰出王自制。"②而后揭示了小说的创作主旨:

> 其《叙》以为孙,猻也;以为心之神。马,马也;以为意之驰。八戒,其所戒八也;以为肝气之木。沙,流沙;以为肾气之水。三藏,藏神、藏声、藏气之三藏;以为郛郭之主。魔,魔;以为口耳鼻舌身意恐怖颠倒幻想之障。故魔以心生,亦以心摄。是故摄心以摄魔,摄魔以还理。还理以归之太初,即心无可摄。此其以为道之成耳。此其书直寓言者哉!③

这里认为取经中的魔是达到心意本真的"恐怖颠倒幻想之障",而斩妖除魔

---

①② 刘荫柏.《西游记》研究资料[M].上海:上海古籍出版社,1990:555.
③ 吴圣昔.《西游记》百家汇评本(上)[M].武汉:长江文艺出版社,2007:1.

是为了"摄心以摄魔,摄魔以还理",最终达到"归之太初""心无可摄"的"道之成"境界。这正与心学所强调的"通过见闻实践达到心性修成"相一致。此后陈元之在书中又写道:

> 彼以为大丹之数也,东生西成,故西以为纪。彼以为浊世不可以庄语也,故委蛇以浮世。委蛇不可以为教也,故微言以中道理。道之言不可以入俗也,故浪谑笑虐以恣肆。笑谑不可以见世也,故流连比类以明意。于是其言始参差而俶诡可观;谬悠荒唐,无端崖涘,而谭言微中,有作者之心,傲世之意。夫不可没已。①

这里陈元之对小说的艺术审美特征也作出了阐释,"浪谑笑虐以恣肆","其言始参差而俶诡可观;谬悠荒唐,无端崖涘,而谭言微中,有作者之心,傲世之意"。② 他认为小说可以通过奇幻的艺术手法来达到立言的目的,不必非以"庄雅之言"出之,就像太史公所说的"谈言微中,亦可以解纷"。

后陈元之又针对有人认为《西游记》"此东野之语,非君子所志"展开评论:"否!否!不然!予以为子之史皆信邪?子之子皆伦邪?子之子史皆中道邪?一有非信非伦,则子史之诬均。"③他认为正史未必可信,诸子未必合乎伦常,主张"二者必兼存之后可",④体现出他对于小说的通达态度,不认为小说是稗史野言,对中国古代小说地位的提高与发展起到了推动作用。

世本中的评点,迄今为止已发现夹批八条,共 67 个字,主要分布在第一、二、四十一、四十七、四十八、六十四、一百回中,文字长短、夹注内容不一。第一、二回属于评论,后第四十一、四十七、四十八、六十四、一百回则属于注音注义。世本第一回的两条夹批出现在美猴王编筏渡海、求仙访道,在樵夫指点下来到"灵台方寸山""斜月三星洞",两条夹批便在此处,指"灵台方寸,心也","斜月像一勾,三星系三点,也是心。言学仙不必在远,只在此心"。两处皆隐喻"心"字,即是指孙悟空学道即是修心,孙悟空历经学道、大闹天宫、被压五行山下,保唐僧取经经历九九八十一难,最终求得正果,完成了其"收放心"的经历,完整地诠释了阳明心学"正念头""正不正以归于正""去其心之不正,以全其本之正"⑤的心路历程。这两条夹批被后来的李评本照搬,并加注云:"一部《西游记》,此是宗旨。"

世本中不管是《序》还是夹批,对《西游记》主旨和审美特征的揭示,虽然只是简短的文字,但为评点指引了方向。世本作为《西游记》评点的萌芽阶段的著

---

① 吴圣昔.《西游记》百家汇评本(上)[M].武汉:长江文艺出版社,2007:1.
②③④ 刘荫柏.《西游记》研究资料[M].上海:上海古籍出版社,1990:556.
⑤ 王阳明.传习录[M].张怀承,注译.长沙:岳麓书社,2004:17.

作,所起到的重要作用不可忽视,拉开了四百年《西游记》诠释的序幕。

二、心学评点的点睛:"读《西游记》"

谢肇淛在《五杂俎》中提出的"求放心之喻"当为《西游记》评点的点睛之处。① 谢肇淛对历史、时政、风俗、文艺有独到见解,他与公安派袁宏道相交甚好,曾向袁宏道借抄《金瓶梅》。谢肇淛对《西游记》的见解主要集中在其著作《五杂俎》和《文海披沙》中,其中《五杂俎》卷十五"读《西游记》"这样写道:

> 小说野俚诸书,稗官所不载者,虽极幻妄无当,然亦有至理存焉。如《水浒传》无论已,《西游记》曼衍虚诞,而其纵横变化,以猿为心之神,以猪为意之驰,其始之放纵,上天下地,莫能禁制,而归于紧箍一咒,能使心猿驯伏,至死靡他,盖亦求放心之喻,非浪作也……其他诸传记之寓言者,亦皆有可采。惟《三国演义》与《钱塘记》、《宣和遗事》、《杨六郎》等书,俚而无味矣。何者?事太实则近腐,可以悦里巷小儿,而不足为士君子道也。②

这里谢肇淛以"求放心"三字来概括《西游记》的主旨,认为孙悟空始之大闹三界、上天下地的行为是"起始之放纵",而后来戴上紧箍儿,并经历八十一难,是为了使"心猿驯伏",将放纵的心收回来。此说开心路历程说之先河。"求放心"是阳明心学的基本思想,也叫作"致良知",是指使受外物迷惑之心回归到良知自觉境界。"放心"是指被外物迷惑的放逸之心,最早出现于《尚书·毕命》,即"虽收放心,闲之维艰"。后来到孟子则强调"学问之道"的目的在于"求放心",发展到阳明心学时则强调对内心的探索,修身养性。谢肇淛的"求放心"之喻既具有深厚的哲学基础,又有作品内容的支撑,具有较大的影响力和说服力。后来鲁迅在某种程度上认同此说,并且当今亦有学者认为孙悟空大闹天宫、被压五行山、西天取经成正果,"实际上隐喻了放心、定心、修心"的"心路历程"。③

此外,谢肇淛在《文海披沙》卷七中又说:

> 俗传有《西游记演义》,载玄奘取经西域,道遇魔祟甚多,读者皆嗤其俚妄。余谓不足嗤也,古亦有之。神农尝百草,一日而遇七十毒;黄帝伐蚩尤,迷大雾,天命玄女授指南车;禹治水桐柏,遇无支祁,万灵不能制,庚辰始制之;武王伐纣,五岳之神来见,太公命时粥五器,各以其名进之。至于

---

① 谢肇淛,明代文学家,字在杭,福建长乐人。万历进士,官至广西右布政使。能诗。撰有《北河纪略》,记载河流原委及历代治河利弊;还撰有《文海披沙》、笔记《五杂俎》等。
② 谢肇淛.五杂俎:二[M].沈阳:辽宁教育出版社,2001:323.
③ 袁行霈.中国文学史:第四卷[M].北京:高等教育出版社,1999:152-153.

《穆天子传》《拾遗记》《梁四公》又不足论也。《西游记》特其滥觞耳。①

这里指出,《西游记》是同上古神话一样,具有奇幻色彩的小说。谢肇淛认为,小说"须是虚实相伴,方为游戏三昧之笔",小说重在虚构,创作应当虚实参半。他认为《西游记》描写内容情节的"极幻妄无当"古亦有之,不足以让读者"嗤其俚妄"。正是因为《西游记》深得"游戏三昧",所以作品中寓有"至理",是一部富有"寓言"的虚构之作。

三、心学评点的成熟:李评本

明朝《西游记》在世本之后,出现了两个翻刻本:《新镌全像西游记传》(以下简称杨闽斋本)和《唐三藏西游记》(以下简称唐僧本),此两者只是版本上的演进,在小说批评上基本停滞。出现于晚明的李评本关于《西游记》评点的批评有所突进、并渐趋成熟,是第一个趋于成熟、完备的《西游记》评本。

李评本的评点首先是辩证和明确问题。李评本标注评点者为明朝思想家、文学家李贽,但现今研究者已据多项资料证实系叶昼②借托李贽之名。明人钱希言《戏瑕·赝籍》:"比来盛行温陵李贽书,则有梁溪人叶阳开名昼者,刻画摹仿,次第勒成,托于温陵之名以行……于是有李宏父批点《水浒传》《三国志》《西游记》……并出叶手,何关于李。"又,盛于斯《休庵影语·西游记误》也说:"近日《续藏书》,貌李卓吾名,更是可笑。若卓老止于如此,亦不成其为卓吾也。又若《四书眼》《四书评》,批点《西游记》《水浒》等书,皆称李卓吾,其实叶文通笔也。"叶昼之所以托名李贽自重,皆源于李贽在晚明思想界及文坛的巨大影响。周亮工在顺治十六年(1659年)所作的《因树屋书影》,对叶昼的记载颇为全面,其中说:"叶文通,名昼,无锡人。多读书,有才情,留心二氏学,故为诡异之行。迹其生平,多似何心隐。或自称锦翁,或自称叶五叶,或称叶不叶,最后名梁无知,谓梁溪无人知之也。当温陵《焚》《藏》书盛行时,坊间种种借温陵之名以行者,如四书第一评、第二评,《水浒传》《琵琶》《拜月》诸评,皆出文通手……"虽然叶昼借托李贽之名,但其思想却与李贽有着相通之处。

叶昼思想与李贽学说有着密切的联系,并深受影响。叶昼家故贫,素嗜酒,多读书,有才情。这在钱希言的《戏瑕·赝籍》中有记载:"昼,落魄不羁人也。家故贫、素嗜酒,时从人贷饮,醒即著书,辄为人持金鬻去,不责其值。即所著《樗斋漫录》者也。近又辑《黑旋风集》行于世,以讽刺进贤。斯真滑稽之雄也。"

---

① 朱一玄,刘毓忱.西游记资料汇编[G].天津:南开大学出版社,2002:117.
② 叶昼,(生卒年不详,天启年间在世)字阳升,又字文通,江苏无锡人。

万历二十二年(1594年),叶昼曾就学于东林党,领袖顾宪成,后游梁,组织海金社,落魄潦倒而死。叶昼在思想上深受当时左派王学的泰州学派影响,作为潦倒落魄、性情豪放不羁的城市下层文人,他为了衣食须与各类书商、小贩、市民打交道,亲身体会了"穿衣吃饭,即是人伦物理","酒色财气,不碍菩提路"。其在思想上很容易与泰州学派相契合,周亮工说他与泰州学派代表人物何心隐相似,"迹其生平多似何心隐"①。叶昼对李贽思想、文风,甚至语言、称谓习惯细细揣摩,然后刻画模仿、冒名顶替,思想上当有相当的契合。李贽认为,天下之至文皆出于"童心",评价文学当以"真"为准绳,而不能以时势的先后或体格的不同为依据,叶昼承袭了这一观点,对《西游记》进行了系统的阐释。

叶昼的评点中,第一回便开宗明义地谈到了《西游记》的宗旨,于全书引首诗最后两句"欲知造化会元功,须看《西游释厄传》"处首度落笔并加旁批:"释厄二字着眼,不能释厄,不如不读《西游》。"释厄,即是修心养性之道,在此回的"灵台方寸山,山中有座斜月三星洞"一语后照录世本评语,又再加旁批:"一部《西游记》,此是宗旨。"在回末总评中,将"心"与"释厄"结合起来阐发:"篇中云'释厄传',见此书,读之可释厄也。若读了《西游》,厄仍不能释,却不辜负了《西游记》么?何以言释厄?只是能解脱便是。又曰'高登王位,将石字儿隐了',盖'猴'言心之动也,'石'言心之刚也。"所谓"释厄",即指追求心灵"解脱",由"心之动"而进入"心之刚"的境界。后面又曰:"'子者,儿男也;系者,婴细也。正合婴儿之本论'即是《庄子》'为婴儿',《孟子》'不失赤子之心'之意。"最后,将《西游记》的主旨归为"道即心",求道即为解脱此心的观点,正是明末"心学"思潮的反映。这一"心学"思想由第一回提出,并在后文多有印证,并且逐步强化。例如,第十三回唐僧出长安时与诸僧赠言惜别:"心生,种种魔生;心灭,种种魔灭。"此处夹批曰:"宗旨",并于回后总批中断言:"一部《西游记》,只是如此,别无些子剩却矣。"又比如,在第十四回,孙悟空被唐僧从五行山上解救出来不久,就打杀了名为"眼见喜、耳听怒、鼻嗅爱、舌尝思、意见欲、身本忧"的六个毛贼,这就是佛家以"一心"制"六贼"(眼、耳、鼻、舌、身、意)的道理,总批曰:"请问今世人还是打死六贼的,还是六贼打死的?"之后又批曰:"'心猿归正,六贼无踪',八个字已分别说出。""着眼,着眼,方不枉读了《西游记》。""人当着眼,不然何异痴人说梦。"在第十九回"云栈洞悟空收八戒,浮屠山玄奘受心经"中,叶昼总批曰:"游戏之中,暗传密谛。学者着意《心经》,方不枉读《西游》一记,辜负了作者婆心。"可见评点者自觉地以"心学"来驾驭整部小说,要读者在文本的游戏中,体会深刻的意蕴。

---

① 周亮工.因树屋书影:卷一[M].上海:上海古籍出版社,1981:8.

此外，李评本的卷首还有袁于令①的《题辞》。《题辞》认为，《西游记》是以神幻曲折的方式来反映现实生活，表达"极真之理"。"文不幻不文，幻不极不幻，是知天下极幻之事，乃极真之事；极幻之理，乃极真之理。"②并且以"幻"作为《西游记》的艺术审美特质。后面提到"魔非他，即我也。我化为佛，未佛皆魔。魔与佛力齐而位逼，丝发之微，关头匪细"，"说者以为寓五行生克之理，玄门修炼之道"。"余谓三教已括于一部"③讲的就是《西游记》蕴含儒、释、道三教，成为三教合一的渊薮。

李评本对《西游记》的诠释已较为成熟，其中不乏思想和艺术的真知灼见，既符合时代思潮，又具有哲理意味，成为"明人研究《西游记》的最佳总结"④。同时，李评本又开启了系统、全面评点《西游记》的先河，带来清朝评点批评的繁盛，在整个明清《西游记》批评史上具有重要作用。

第三节 "证道"思想诠释

随着明朝的覆灭、清朝的建立，清朝《西游记》评点主要以"证道"为主。清朝的评点本主要有《西游证道书》《西游真诠》《西游原旨》《通易西游正旨》《西游记记》《西游记评注》六本。此六家评本"证道"历程可概括为：肇端于《西游证道书》、确立于《西游真诠》、高潮于《西游原旨》、求变于《通易西游正旨》和《西游记记》、回音于《西游记评注》。

一、"证道"说的肇端：《西游证道书》

《西游证道书》是清朝《西游记》的第一部笺评本。关于其评注者，根据该书目录页题："钟山黄太鸿笑苍子、西陵汪象旭澹漪子同笺评。"又在正文前第二、三行分别题："西陵残梦道人汪澹漪笺评""钟山半非居士黄笑苍印正"，以及在全书末的一则短跋："笑苍子与澹漪子订交有年，未尝共事笔墨也。单阏维夏，始邀过蜩寄，出大略堂《西游》古本，属其评正。"关于具体笺评者为谁，过去大多

---

① 袁于令(1592—1674)，名晋，一名韫玉，字令昭，亦字于令，有凫公、幔亭歌者、幔亭过客、吉衣道人、吉衣主人、剑啸阁主人等号，江苏吴县人。著有杂剧、传奇多种以及小说《隋史遗文》、传奇《西楼记》等。
②③ 刘荫柏.《西游记》研究资料[G].上海：上海古籍出版社，1990：557.
④ 黄霖.中国小说史研究[M].杭州：浙江古籍出版社，2002：114.

数学者认为是汪澹漪[①]，近年来则有学者提出质疑，认为是黄周星[②]。笺评者大抵不出汪澹漪和黄周星两人，他们均对《西游证道书》的"证道"诠释作出了自己的贡献。

汪澹漪、黄周星开启了《西游记》的"证道"说，他们认为《西游记》为邱处机所作。袁世硕先生认为"假托为道教教主所作，便为后来的道士们竞说《西游记》提供了一个有力的借口和支撑点"。[③] 邱处机是全真教创始人王喆的七大弟子之一，与马钰、谭处端、刘处玄、王处一、郝大通、孙不二并称"全真七子"。"邱作"说的提出影响深远，之后的《西游真诠》等各评本都坚持此说，直到民国年间，仍有人相信邱处机是《西游记》的作者。除了力倡"邱作"说外，汪澹漪还增补了第九回"陈光蕊赴任逢灾，江流儿复仇报本"一事，"自谓得古本，增撰第九回陈光蕊事，自此遂为《西游记》定本"[④]。他把明刊百回本第九、十回改为第十、十一两回，并且以此成为清朝《西游记》版本不同于明朝的一大特征。此故事一直延续至今，成为西游故事中不可或缺的重要部分。

二、"证道"说的确立：《西游真诠》

《西游真诠》的评注者为"山阴悟一子——陈士斌"。陈士斌，字允生，号悟一子，浙江绍兴府山阴县人，生平不详。根据《西游真诠》尤侗所作的《序》知，陈士斌在世于康熙中期前后，与尤侗关系深厚，所以尤侗称他为"圣人之徒""三教一大弟子"。袁世硕在《清代〈西游记〉道家评本解读》中认为，陈士斌是奉道弟子，"悟一子"是他的道号。

为《西游真诠》作序者尤侗（1618—1704），字同人，后改字展成，今江苏苏州

---

① 认为笺评者为汪澹漪的依据如下：清刘廷玑《在园杂志》中说："此中妙理，可意会不可言传……乃汪澹漪从而刻画美人，唐突西子，其批注处，大半摸索皮毛。"清刘一明《西游原旨序》说："于澹漪道人汪象旭，未达此义，妄议私猜，仅取一叶半简，以心猿意马毕其全旨，且注脚每多戏谑之语，狂妄之词。咦此解一出，不特埋没作者之苦心，亦且大误后世之志士，使千百世不知《西游》为何书者，皆自汪氏始。"特别是清乾隆十五年（1751年），野云主人蔡元放在撰刻《增评证道奇书》时，不但在《序》中一再提及"忽得西陵汪澹漪子评本""今既得澹漪子之阐扬"等语，而且非常明确地把《西游证道书》的笺评版权归诸汪象旭，并在该书中反复题署"澹漪子笺注"扉页，"汪澹漪子评"正文页、目录页，"澹漪道人汪象旭原评"序文页。

② 认为笺评者为黄周星的依据如下：1993年中华书局版《西游记》，其封面、扉页、版权页皆题：黄周星定本《西游证道书》。黄永年在前言中明确提出："黄周星是《西游证道书》的主要编纂评点人"，"《西游证道书》里的评点，包括每回开头中有'澹漪子曰'名义的评语，实际上都出于黄周星之手而不是汪象旭之所能写得出"。谭帆在《小说评点编年叙录》"《西游证道书》一百回"条说："此书评点虽已归于汪澹漪名下，但从所列《跋》文，则又似出自笑苍子（黄周星）手笔，实际应是两人合作完成的。"王裕明在《〈西游证道书〉成书年代考》中披露了一些新的材料，进一步论述注者当为黄周星。

③ 袁世硕. 清代《西游记》道家评本解读[J]. 文史哲，2003(4)：24.

④ 孙楷第. 日本东京所见小说书目[M]. 北京：人民文学出版社，1958：81.

人。顺治六年(1649年)拔贡,考取推官,去官归家专意诗文。康熙十八年(1679年)举博学鸿词,授检讨,参修《明史》三年。博学多才,顺治称其为"才子",康熙称之为"老名士"。工诗词,尤精戏曲,家置女乐,自为排演。著有《西堂杂俎》《艮斋倦稿文集》《西堂全集》及传奇《钧天乐》,杂剧《读离骚》《吊琵琶》《桃花源》《黑白卫》和短剧《清平调》,在清初文坛地位颇高。正因为此,《西游真诠》借重尤侗所作的序,得以替代《西游证道书》而风行后世。

纵观陈士斌的笺评,他对"证道"说做了强化和深化,他在《西游真诠》开篇便明确指出《西游记》的宗旨在于"明大道之根源""尽心知性",而他评注《西游记》的目的也是为了"指点迷津",求"真诠"、达"妙悟"。为了做到这一点,陈士斌从评点体例上采取了与《西游证道书》不同的形式,将评点全部置于每回的正文之后,将总评和夹评等混在一起,而且评点篇幅显著加长,每回的评点字数多的能达到小说文本篇幅的一半左右。采取这样的形式,使得读者在看过正文之后,一头扎进评点之中,很容易产生一种与文本的距离感。

在清朝《西游记》所有的评本中,《西游真诠》的版本是最为丰富的,前后至少有八种刻本出现。这使得《西游真诠》成为《西游记》评本中传播最广泛、影响最大的一个评点本。在其之后的数个《西游记》评本,都不同程度地提到了《西游真诠》评点所带来的启示和经验。

三、"证道"说的高峰:《西游原旨》

《西游原旨》的作者为清朝刘一明(1734—1815),号悟元子,别号素朴散人,今山西闻喜县人。他是清朝乾隆、嘉庆年间著名的道士、内丹家,也是全真教龙门派第十一代传人。

刘一明在《西游原旨》中对"证道"观做了全面、系统、详细的诠释,对前面的两种评本《西游证道书》《西游真诠》既有批判也有发扬。对于《西游证道书》,刘一明作出了言辞激烈的批判,"澹漪道人汪象旭,未达此义,妄议私猜,仅取一叶半筒,以心猿意马,毕其全旨,且注脚每多戏谑之语,狂妄之词。咦!此解一出,不特埋没作者之苦心,亦且大误后世之志士,使千百世不知《西游》为何书者,皆自汪氏始"。[①] 其言辞之激烈,振聋发聩。而对陈士斌的《西游真诠》,刘一明是持肯定、推崇的态度,如"自悟一子陈先生真诠一出,诸伪显然,数百年埋没之《西游》,至此方得释然矣"[②]。在其评点本第一回中,又云:"数百年来,知音者惟悟一子陈公一人而已。予因追仙瓮释厄之心,仿陈公《真诠》之意,不揣愚鲁,每

[①] 刘一明.西游原旨[M].兰州:天一出版社,1915:5.
[②] 刘一明.西游原旨[M].兰州:天一出版社,1915:6.

回加一注脚,共诸同人,早自释厄,是所本愿。"①

刘一明从三教一家之理的大背景下阐释《西游记》"证道"说,使评点体例、内容、思想、形式上较前面都有超越,甚至由于刘一明深厚的修养,《西游原旨》在"证道"说观点上达到了前所未有的高峰地步。

四、"证道"说的求变:《通易西游正旨》与《西游记记》

面对高峰之后的难以为继,《通易西游正旨》与《西游记记》开始求变于异声,开始将道家内丹修炼与《易》卦的义理、卦象相联系。道光十九年(1839年)张含章和咸丰八年(1858年)释怀明对《西游记》评点本进行了这种尝试。

张含章在《通易西游正旨》的后跋中写道:"窃拟我祖师托相作《西游》之大义,乃明示三教一源。故以《周易》作骨,以金丹作脉络,以瑜迦之教作无为妙相。"②他认为以三教一源思想来评点《西游记》早已有之,难以出新。从其弟子何廷春《通易西游正旨序》的介绍中,可以看出张含章"自《六经》以至黄老,无不笃志研究,而由遂于《易》。所著有《原易篇》《遵经易注》。又以道经庞杂,学者罔识所归,故为手辑《道学薪传》四卷,并梓于世"。③ 作为一位精通《易》学的道教徒,张含章在评点《西游记》时,将《易》学与金丹之道相结合,并不是偶然的做法。实际上,在李评本中,已有些许以《易》评点的文字。例如,在第二十一回总评中,认为"灵击"两字最可思,"非深于《易》者,不能知此"。但只是偶一为之。《西游证道书》中则用《易》学的阴阳五行来解释人物和情节,而在《西游真诠》和《西游原旨》中,开始大量使用《易》学理论来评点情节、人物,为其金丹之道的阐释服务。

《通易西游正旨》则是有意识地将《易》学贯穿于整个《西游记》的评点之中。文中提出"以《周易》作骨",在第七回回末评中又云:"仙师体《易》而作《西游》以阐金丹大道。"④可见,张含章有着非常明确的评点意识,即以《周易》为主体,阐述金丹之道。如此突出《易经》的地位,是陈士斌、刘一明等人的评点中没有的。

在第七回的评点中,张含章又云:"此回实发乾元之大用。"第八回则是"发坤元之顺承"。第四十九回行者在八戒耳边道:"是你还驮着我哩。"此处批云:"乾元祖性何尝离人,只因昧者不察耳。"第六十回回末评云:"此回明戊土本自乾来,落于后天,则沉溺而不易现。"其余第九回、第六十二回、第七十四回、第八

---

① 刘一明.西游原旨[M].兰州:天一出版社,1915:9.
② 朱一玄,刘毓忱.西游记资料汇编[G].天津:南开大学出版社,2002:401.
③ 朱一玄,刘毓忱.西游记资料汇编[G].天津:南开大学出版社,2002:404.
④ 吴圣昔.《西游记》百家汇评本[M].武汉:长江文艺出版社,2007:45.

十三回等回总评及若干回的夹评中,都有不同程度的《易》学评点。此外,在其《西游正旨后跋》中,也有以《易》对部分回目的评点。

张含章之后,咸丰年间释怀明评点的《西游记记》一反前述评点本均以邱处机为《西游记》作者的说法,将著作全归于张紫阳名下①,更增加了内丹评点的意味。同时张含章的评本中试图评点上述观点,却没有一贯到底地以《易》评点《西游记》,这在《西游记记》中反而得到了比较彻底的贯彻。基本上在每一回的评语中,都有以《易》卦所进行的批点,而且评语的中间随处可见六十四卦中的某一卦象。在其第一回的回前评中云:"这部书,脉传邵子数学正脉,并《易经》卦象,历法运会之蕴妙也。"②可为明证。

《西游记记》的评点体例十分独特。首先其正文不是全本,而是根据需要,对《西游记》文本进行了缩略,即"略节要旨,方便记半"。在此基础上,前八十四回作为一个大的单元,题为"西游记记"和"西游记记半"。前八十四回以四回为一小单元。在每回的前面都有回前评,回中间则有夹评、眉批、旁批,有时有回末评。从第八十五回到第一百回,题"西游记记不全"。至于为什么如此安排,释怀明在一百回后有一个说明:"《西游》有记,何须记记?记有字也,故记记。忘却一半无,故只记半。然记《多心经》也,心多乎哉?不多。故仍记不全。"③这就是上述体例的来由。

在释怀明的评点中将诗歌全面用来批点《西游记》,不但在正文中有,在回前和回末评中也存在。从其评点来看,在第七十二回之前,确切地说,从第二十四回开始,若干回的回前评中有用诗或曲者。例如,第二十四回、三十六回用《西江月》曲,第四十六回的《惜余春》曲,第四十七回的《醉太平》曲等。第七十二回之后,除了回前、回末评之外,在夹评中也开始使用词和曲进行评点。而且这些夹评中的词和曲评点几乎占据了所有的夹评。往往在一回之中,有十几首词和曲组成的夹评,且数首押同样的韵,同时还有转韵。比如第八十七回的夹评中,先后用了《临江仙》《秋月夜》《夜行船》《步步娇》《沉醉东风》《园林好》《江儿水》《川拨掉》《一封书》《凤凰台》《五供养》《赛观音》《金鸡叫》《八声甘州》《排歌》《锦上花》《朝元令》等共计22支曲来评点文本,且中间有转韵。这种以曲评点小说的形式虽然不是《西游记记》评点的全部内容,却是其评点中最有特色的。而且从释怀明的后记来看,"既完编仍欲将全部尽按诸腔板",可见他曾经想以此种形式的评点贯穿全本。

---

① 在《西游记记》第七十回夹评中有"试把《西游记》细细评猜,此书的系紫阳真人仙笔,记演唐事"之语。
② 吴圣昔.《西游记》百家汇评本[M].武汉:长江文艺出版社,2007:3.
③ 吴圣昔.《西游记》百家汇评本[M].武汉:长江文艺出版社,2007:755.

五、"证道"说的回音:《西游记评注》

光绪十八年(1892年),含晶子的《西游记评注》又回到了《西游真诠》评点的传统。在其自序中,认为《西游记》是"以佛为依归,而与道书实相表里","探源《参同》,节取《悟真》,所言系亲历之境,所述皆性命之符"。① 比起刘一明、张含章、释怀明的评点,含晶子更集中以内丹学的观点进行评点,且不再强调三教合一、依据《易经》等的阐释寻求突破。含晶子评点《西游记》的思想重新回归陈士斌《西游真诠》独尊金丹之道的传统。

但是,含晶子一方面依傍悟一子的评点思想,另一方面又欲有所变化。在他看来,《西游记》评点"虽有悟一子诠解之本,然辞费矣。费则隐,阅者仍昧然,如河汉之渺无津涯也"。② 也就是说,他认为悟一子的诠解过于冗长,颇费文辞,而效果却不见得理想。因此,他的评点在篇幅、文字上尽量精简,避免长篇大论。同时,他又强调自己的诠解"与悟一子之诠,若合若离,而辟邪崇正之心,或较悟一子而更切也"。③ 可见,含晶子的评点完全是以悟一子的评点为参照而进行的。

从证道书开始的所有的《西游记》评点本都将小说的著作权归于邱处机名下,含晶子也不例外。但是在乾隆年间,钱大昕在《跋长春真人西游记》中,纪昀在《阅微草堂笔记·如是我闻三》中都对邱处机的说法提出了疑义。含晶子敏锐地注意到了这一疑义。在其评点本的第六十八回"太监叩头道:'奴婢乃司礼监内臣。这几个是锦衣校尉'"处有夹批云:"有人谓此二官名非宋元所有,至明时始有是称呼,疑此书谓非邱祖所作。安知非刻书时易以时名耶?此二衔在明时为极尊之内官,亦非看榜之杂差也。"④可见,他注意到了纪昀的疑问,但是对于这样一个重要的问题,含晶子以刻书中所常用的伎俩,将《西游记》作者问题轻轻略过。这也可以看出邱处机的著作权不断受到质疑,且直到清末,仍然未能有根本的改变。

从《西游记评注》的各回评点来看,基本上是以《西游真诠》的评点为准。张含章的评点对《西游真诠》的批评被忽略,取而代之的是对悟一子评点的推崇与引证。比如在第三十一回的回前评中就提到,此回"悟一子批之极精,节录于后"。像这样直接将悟一子的评语置于回末评的做法,在含晶子的评本中屡见不鲜。在第一回、四回、七回、八回、十一回、十二回、十五回、二十回、二十五回、三十回、三十六回、三十九回、四十二回、四十六回、五十二回、六十一回等回末

---

①②③ 朱一玄,刘毓忱.西游记资料汇编[G].天津:南开大学出版社,2002:363-364.
④ 吴圣昔.《西游记》百家汇评本[M].武汉:长江文艺出版社,2007:476.

评语之后,都节录了悟一子在该回的部分评语,几乎占全部回评的1/3。

不过,含晶子的评语虽然多是参照悟一子,但是他在评点的过程中,减少了悟一子评语的冗长与拖沓,往往是先简短点出该回的章旨,然后予以简要说明。特别是第六十二回之后的若干回末评中,各回章旨的阐述经常只先用三个字点明,简单明了。

然而简洁的评点并不能掩盖含晶子评点的缺乏创造性的弱点。形式上的改变固然重要,但是没有新的评点思想的有力支撑,《西游记评注》的简洁评点形式也只能是形式,注定无法取得《西游真诠》的巨大传播效果。不过,它的评点取向倒是再次昭示了《西游真诠》在《西游记》内丹评点史上的重要地位。《西游记》内丹评点以《西游真诠》为正式的开始,而最终仍然以类似《西游真诠》缩略本的形式结束。《西游记》的内丹本评点又回到了开始。

总之,从无到有,从简单的批点到复杂、冗长的曲解,再到有所收敛,趋于简化;从金丹之道的初露端倪到不断强化,到达顶点,再到欲有所突破而不能,最后又以回到原来的评点传统而告终。以上就是清朝《西游记》道教评点本诠释的流变过程。

第四节 "谈禅"思想诠释

鲁迅在《中国小说史略》中将清朝的《西游记》评点分为"劝学""谈禅""证道"三派。他这样说道:

> 评价此书者有清人山阴悟一子陈士斌《西游真诠》(康熙丙子尤侗序),西河张书绅《西游正旨》①(乾隆戊辰序)与悟元道人刘一明《西游原旨》(嘉庆十五年序),或云劝学,或云谈禅,或云讲道,皆阐明理法,文词甚繁。②

继而,鲁迅又在《中国小说的历史的变迁》中说道:

> 至于说到这书的宗旨,则有人说是劝学;有人说是谈禅;有人说是讲道,议论纷纷,但据我看来,实不出于作者之游戏,只因为受了三教同源的影响,所以释迦,老君,观音,真性,元神之类,无所不有。使无论什么教徒,皆可随宜附会而已。③

---

① 此应为《新说西游记》。
② 鲁迅.中国小说史略[M].武汉:长江文艺出版社,2008:106.
③ 鲁迅.鲁迅国学文选[M].长沙:岳麓书社,1999:278.

可见，鲁迅是在三教同源的背景下，针对清朝评点本整体而言，指出各评本内容中透露出"谈禅"因素。但是相对于明显地标有"劝学"与"证道"的评点本，并没有一个专门的评点本来阐述"禅门心法"。当代研究者不禁会问："谈禅"一说究竟位于小说何处？对此，20世纪60年代开始便有学者存有异议[①]。袁世硕先生在他的《清代〈西游记〉道家评本解读》中也提出质疑："(鲁迅等)平列出三种附会之说，看似周到，实则是由于所涉猎的评本不多，而未能觉察到一个实际的情况，就是有清一代，《西游记》评本主要出自道家者流。"[②]清朝各家的评点，"其中并没有'谈禅'的，至今也没有发现和尚们作的《西游记》评本，也没有人将《西游记》说成是一部'禅门心法'。只是有些人就《西游记》写的唐僧西天取经故事，占据故事中心的孙悟空始于任性作魔，后来皈依，终成正果，用佛经中的术语称之为'心猿'，认为小说之大旨就是说明人之作佛作魔只在于心之收放。而这种说法是就小说故事之大体而言，并没有做深细化的解说，而且在当时所谓的'三教一理'的观念中，儒、释、道三家都是可以认同的"[③]。袁世硕先生认为，西天取经故事在当时三教合一的影响下，是可以用儒、释、道三家来解说的。可是"谈禅"说之所以不如"劝学""证道"典型，主要是因为没有出现有着佛家身份的和尚所作的评点本，来系统阐述佛家教义和修炼的"禅门心法"，就像道家评本那样来具体阐述如何修炼金丹之道。

此外，我们也应认识到鲁迅说的《西游记》"谈禅"并非关注评点者身份，而是从明清小说评点整体而言。从玄奘身份、西天取经故事看，这无疑是一个佛教故事，若将其置于三教合一、仙佛同源的整体背景下，明清两代小说评点的内涵均涉及"谈禅"因素，承认佛道互证。

以三教合一、仙佛同源诠释《西游记》最早源于李评本中的《题辞》："说者以为《西游记》寓五行生克之理，玄门修炼之道，余谓三教已括于一部，能读是书者，于其变化横生枝处引而伸之，何境不通？何道不洽？"[④]后来汪澹漪在《西游证道书》第一回回评中也说："《西游记》一书，仙佛同源之书也。何以知之？曰：即以其书知之。彼一百回中，自取经以至正果，首尾皆佛家之事。而其间心猿意马、木母金公、婴儿姹女、夹脊双关等类，又无一非玄门妙谛。岂非仙佛合一者乎？大抵老释原无二道。"[⑤]尤侗在为《西游真诠》所作的序中也说："东鲁之书，存心养性之学也；函关之书，修心炼性之功也；西竺之书，明心见性之旨也。"

---

① 浦安迪. 明代小说四大奇书[M]. 北京：中国和平出版社, 1993：145.
② 袁世硕. 清代《西游记》道家评本解读[J]. 文史哲. 2003(4)：34.
③ 袁世硕. 清代《西游记》道家评本解读[J]. 文史哲. 2003(4)：35.
④ 朱一玄，刘毓忱. 西游记资料汇编[G]. 天津：南开大学出版社, 2002：223.
⑤ 吴圣昔.《西游记》百家汇评本[M]. 武汉：长江文艺出版社, 2007：8.

尤侗认为《西游》一书仙佛同源;并说"论《西游记》者,传《华严》之心法也",认为《西游记》是"《华严》之外篇"①。对于尤侗的序,浦安迪专门说道:"尤侗的序文开门见山指出佛家的'明心见性'、道家的'修心炼性'和儒家的'存心养性'实在是一以贯之的等价概念。尤侗选取上述三个'心'和'性'词语来加深这种整体结合,因为无论是在佛教的成正果(如'禅性'一语)或道家的升仙观念中,'心'与'性'这两种境界几乎是相互替换的,而在许多理学的文字中也有相同的意味。"②在刘一明的《西游原旨序》中也说:"《西游记》者,元初邱真君之所著也。其书阐三教一家之理,传性命双修之道。""盖西天取经,演《法华》《金刚》之三昧;四众白马,发《河洛》《周易》之天机;九九归真,明《参同》《悟真》之奥妙。""悟之者在儒即可成圣,在释即可成佛,在道即可成仙。"③张含章在《西游正旨后跋》中也说:"窃拟我祖师托相作《西游》之大义,乃明示三教一源。故以《周易》作骨,以金丹作脉络,以瑜迦之教作无为妙相。"④这些评点本都认识到《西游记》的"谈禅""证道""劝学"均是在三教合一的大背景下展开的。

既然三教合一、仙佛同源,佛道二教不可分割,那么《西游记》"谈禅"也当为其题中之义。美国学者余国藩在《英雄诗——〈西游记〉的另一个观察》和诸葛志《〈西游记〉主题思想新论》中提及,《西游记》本身便是以玄奘西天取经这一佛教事实作为本事,故事是按照佛教教义体系来设计情节和叙事模式的。比如,佛教有"六道轮回"之说,有因果报应、循环往复的说法,取经四众唐僧、孙悟空、猪八戒、沙僧以及白龙马都是从最初的"原罪"开始,经过各种苦难赎罪,而最后得道成真。《西游记》整篇自始至终都没有脱离佛教思想,佛教教义、禅宗思想充满了字里行间,在作品的主题思想上是佛道互证,而又以崇佛为主。⑤ 我们且以《西游真诠》为例,看其中评点是如何"谈禅"的。

在陈士斌的评注中,崇佛倾向十分突出,处处充满了谈禅的思想内容。比如,第八回记述如来造经,观音亲自来到长安选拔取经之人,陈士斌则在总结前七回后接着批道:

> 仙师(指邱处机)恐世人愚昧,或谓仙佛乃系天生,非凡人可学而至。或谓参悟惟在一心,止自己可求而得。故下文提出玄奘一人,做个榜样;提出悟空、悟净、悟能、龙马,做个作用;见得仙佛人人有分,非天生性成;彼我

---

① 朱一玄,刘毓忱.西游记资料汇编[G].天津:南开大学出版社,2002:318.
② 浦安迪.明代小说四大奇书[M].北京:中国和平出版社,1993:180.
③ 朱一玄,刘毓忱.西游记资料汇编[G].天津:南开大学出版社,2002:342.
④ 朱一玄,刘毓忱.西游记资料汇编[G].天津:南开大学出版社,2002:240.
⑤ 吴承学.《西游记》的三教合一和佛道轩轾[C]//20世纪《西游记》研究.北京:文化艺术出版社,2008:741.

共济,非一己孤修也……仙师立言之意,发明未得真传,而有千魔万难之极苦;已得真传,而有一生永得之极乐也。故提纲云:"我佛造经传极乐。"正欲以至近至易者,救度众生。①

在第十二回"玄奘秉诚建大会,观音显像化金蝉",叙观音秉承如来旨意将五色锦襕袈裟授予玄奘,目的是保护玄奘取经顺利。对于佛祖的庇护,孙悟空、猪八戒、沙僧三徒的拜师,陈士斌用佛家思想进行了解释,他写道:

然玄奘必得三徒,而后能释见如来,其义易明。三徒已了长生之道,命根坚固,自是万劫不坏,何以反以玄奘为师?其说难晓。盖仙佛同道:佛曰"丈六金身",仙曰:"修成二人",俱是有为而至于无为。了命不了性,如宝镜不磨而无光,非有为之真空;了性不了命,如筑室无基而安柱,是无为之空寂。故有为者,必见性明心,而始能超脱五行,三徒之皈依佛法是也。②

对于如来造经普度众生、金蝉遭贬历经苦难、三徒皈依这些问题,陈士斌完全运用佛教教义来进行解释,使其符合佛教的情节模式。

第三十八回"婴儿问母知邪正,金木参玄见假真",记述乌鸡国国王遭妖道谋害之事,陈士斌用佛教教义来讲述生死观念,超越了道教金丹之旨的追求长生、与天齐寿。佛教自创立之初便以参悟生死为宗旨,最初印度佛教的"诸法无我,诸行无常、涅槃寂静"的生死观念,发展到中国禅宗的"即心即佛",追求来生、彼岸世界的生死大悟。第三十八回的内容讲述了乌鸡国王由生而死、死而复生的过程。陈士斌则用《华严经》的"受生之因""不死之方"来进行解释,这说明陈士斌评点《西游记》,根本上遵循的是佛教生死大悟的义谛观念。

在《西游记》第九十八回,记叙唐僧师徒四人经历千辛万苦终于抵达灵山,因未进贡"人事",而受到阿傩、伽叶两位尊者的刁难,传授以无字真经。对此,后来的研究者一直认为两位尊者的行为说明了佛教的虚伪、徇私、腐败。③④ 对此,陈士斌在《西游真诠》中发表了他独特的见解,他认为:一是阿傩、伽叶送无字真经"非欺",而是如来佛慈悲之意的显现,唯恐凡众不识真谛,怠慢亵渎,这与如来造经,不予赐送,而要唐僧"苦历千山,远经万水"求取的本意相通;二是无字真经与有字真经"皆真经也",然而形式及用途不一。"无字之经度上智,有字之经度众生";无字真经为"顿法",有字真经是"渐法",适合于不同的受众,陈士斌称之为"因材施教"。所以当孙悟空当众责问如来时,如来竟为两尊者辩

---

①② 陈士斌.西游真诠[M].北京:中国人民大学出版社,1992:35.
③ 彭海.《西游记》中对佛教的批判[C]//《西游记》研究论文集.北京:作家出版社,1957:56.
④ 张乘健.论《西游记》的宗教思想[J].社会科学战线.1998(1):23.

护:"经不可轻传,亦不可空取。"陈士斌如果没有对《西游记》作者的创作立意产生共鸣,没有对博大精深之佛教文化的真切领悟,是不可能提出这段独到而精深的见解的。

清朝时期的一些杂论也提及了《西游记》中的"谈禅"因素。比如,清梁联第在读《西游原旨》后,对佛教义理大加赞赏:"《西游原旨》之书一出,而一书之原还其原,旨归其旨,直使万世之读西游者,亦得旨知其旨,原还云原矣……从兹以往,人人读西游,人人知原旨;人人知原旨,人人得西游。迷津一筏,普度万生,可以作人,可以作佛,可以作仙,道不远人,其在斯乎,其在斯乎?"①王阳健也称赞《西游记》如同《南华》一样,"得原旨之《西游》,由浅及深,止于至善,各将三藏真经,取诸宫中而用之,庶著者之心,慰释者之愿了矣"。② 清朝真复居士同样认为,由《西游记》延续而来的佛教故事可以达到助登彼岸的效果:"起魔摄魔。近在方寸,不烦剿打扑灭,不用彼法唠叨,即经即心,即心即佛,有觉声闻,圆实功行,助登彼岸,还返灵虚,化不净根,解立途缚。作者苦心,略见于此。我愿观者同具人天慧业,得是书而绎之,当作不动地想。毋徒曰骈拇赘疣、而胡卢弁髦之也。"③清朝施清在《后西游记序》中的讲述几乎就是参禅语录:"盖闻天何言哉,而广长有舌,久矣嚼破虚空;心方寸耳,而芥子能容,悠然遍满法界。造有造无,三藏灵文,由兹演出;观空观色,百千妙义,如是得来……悟入我闻,万缘解脱;猛登彼岸,千佛证盟。"④

总之,当我们从评点本和杂论中寻找《西游记》与佛教千丝万缕的联系,并试图挖掘其主旨中是否含有"禅门心法"、"或云谈禅"时,总会发现评点者都是在佛教与作品之间寻找一个契合点,尽可能地贴近小说创作本意,可是在探寻小说主旨时,却又不自觉地加上了历史语境、个人思想等因素,这使得诠释并不是那么纯粹。不可否认,《西游记》中确有"谈禅"因素,从取经事迹本身、取经结果成佛、取经人物形象看,都既诠释了佛教也宣扬了佛教。比如《西游记》中典型的佛教人物——观音,她具有救苦救难的慈善心肠和无边法力,为帮助唐僧师徒不惜现身说法。在佛经中对观音便有详细的记载,而小说《西游记》中对观音形象的描述,比单纯的宗教佛经中的描述要丰满得多,既保持了观音神性的特点,同时又描写了她世俗化、人性化的一面。观音的形象寄托了当时社会受

---

① 梁联第.栖云山悟元道人西游原旨叙[G]//朱一玄,刘毓忱.西游记资料汇编.天津:南开大学出版社,2002:351.
② 王阳健.西游原旨跋[G]//朱一玄,刘毓忱.西游记资料汇编.天津:南开大学出版社,2002:356.
③ 真复居士.续《西游记》序[G]//朱一玄,刘毓忱.西游记资料汇编.天津:南开大学出版社,2002:399.
④ 施清.后《西游记》序[G]//朱一玄,刘毓忱.西游记资料汇编.天津:南开大学出版社,2002:408.

苦受难的人们的美好愿望,所以受到了人们的广泛喜爱和崇拜,而《西游记》的出现和广泛流传,让观音的形象更深入人心。"所以我们说,佛教深刻地影响了《西游记》的创作,而《西游记》则极大地扩大了佛教的思想影响和社会影响。"①

第五节 "释儒"思想诠释

在清朝《西游记》论坛上,道家评本或以道家为主、兼涉佛家的评本特盛的情况下,以及"证道"说、"谈禅"说文辞泛滥的局势下,出现了张书绅笺评的《新说西游记》。张书绅站在儒家的立场上,以儒家经典评注《西游记》,说"名曰《西游》,其实却是'大学之道'","把一部《西游记》,即当作《孟子》读亦可",此评注在明清评点系统中独树一帜、自成体系。因此,王韬味潜斋本《新说西游记图像序》写道:"今余友味潜主人嗜古好奇,谓必使此书别开生面,花样一新。"②

《新说西游记》的笺评者张书绅,字南薰,今山西汾阳人,约清朝高宗乾隆时期前后在世,生卒年及生平均不详,但其书自序后有印章题为"张书绅自道存,号南薰三晋古西河人氏"。据此可知:张书绅字道存号南薰,三晋古西河(今山西汾阳)人。另关于张书绅的生平记载,近代时又有新的发现:田同旭的《〈新说西游记〉作者张书绅故居的发现》③转载了《张氏家谱》《汾州府志》《汾阳县志》等有关张书绅生平的记载,这些发现对学者们弄清张书绅的思想观念、创作动机有很大帮助。在《新说西游记·总批》中记载了张书绅的评点经过:

> 夏日长天炎暑,日夜难禁。窃思有向日都中所序之《西游记》,尚在悬阁,于是以六月二十六日觅本,至七月初九日,十四日夜草稿粗成,至闰七月二十日,真本笔削初定。是非不能自知,而所谓炎暑者,不知消归何有矣!名为《消魔传》,信不诬也。乾隆十三年闰七月,羊城志。④

张书绅自农历六月至农历闰七月,历时两个月完成了对《西游记》的评点。《新说西游记》是所有《西游记》评点本中字数最多的,批语非常繁杂,其评注中设有自序、总评、目录注、总论、目录赋、回前回后评、夹批。且《新说西游记》是清朝评本中唯一一部全本,前面几部评本,如《西游证道书》《西游真诠》《西游原

---

① 郭豫适.论儒教是否为宗教及中国古代小说与宗教的关系[J].华东师范大学学报,1996(3):9.
② 王韬.新说西游记图像序[G]//朱一玄,刘毓忱.西游记资料汇编.天津:南开大学出版社,2002:365.
③ 田同旭.《新说西游记》作者张书绅故居的发现[J].明清小说研究,2009(1):129-132.
④ 朱一玄,刘毓忱.西游记资料汇编[G].天津:南开大学出版社,2002:325.

旨》《通易西游正旨》《西游记评注》全是删节本,唯《新说西游记》以明刊本为底本,又将《西游证道书》所补的第九回唐僧出世故事加入,实现了明本和清本两个版本系统的融合。

张书绅对《西游记》的评点主要集中在对儒家义理的阐述上,以《大学》来注《西游》,以《西游》来阐释《大学》,认为"今《西游记》,是把《大学》诚意正心、克己明德之要,竭力备细,写了一尽,明显易见,确然可据,不过借取经一事,以寓其意耳"。① 这种诠释方式与盛行的"证道"说如出一辙,即为了达到作者的目的,将二者牵强附会、断章取义地捏合在一起。不过,以儒学注《西游记》不仅是与三教合一的大背景有关,更是与当时儒学式微、道统衰败有关。张书绅为了振兴儒学、恢复道统,对当时社会颇为流行的、各种思想混杂的《西游记》进行精心的笺评。

晚明以来,阳明心学以至整个宋明理学已逐渐衰微,空疏清谈之风盛行。明清之际,思想学术界出现了对理学批判的实学高潮,思想家顾炎武便批评宋明以来的儒学末流"以明心见性之空言,代修己治人之实学,股肱惰而万事荒,爪牙亡而四国乱,神州荡覆,宗社丘墟"②;"昔之清谈谈老庄,今之清谈谈孔孟",今儒者"置四海之穷困不言,而终日讲惟精惟一之说"③。他认为明朝覆亡乃王学空谈所致。他揭露心学的本质"内释外儒",指斥其违背孔孟旨意,认为儒学本旨应"其行在孝悌忠信","其职在洒扫应对","其文在《诗》《书》《礼》《易》《春秋》","其用之身在出处、去就、交际","其施之天下在政令、教化、刑罚"。④ 深受儒家道统影响的张书绅极为赞同此种说法,在评点《西游记》的过程中不遗余力地贯彻。所以,他在"总批"中说:"《西游》一书,以言仙佛者,不一而足。初不思佛之一途,清净无为,比至空门寂灭而后成。即仙之一道,虽与不同,然亦不过采炼全真,希图不死。斯二者,皆远避人世,惟知独善一身,以视斯世斯民之得失,漠不相关。至于仁义礼智之学、三纲五轮之道,更不相涉……仙佛之事,与人也无涉,且幻渺不可知。人事之常,日用之所不可离,虽愚夫愚妇,莫不共知,若必以人事之所不可知者解之,则何如人事之所共易知者解之? 与其以世事无益者而强解之,则何如以人生之有益者而顺释之?"⑤在张书绅看来,"谈禅""证道"一类学说空谈心性与生计无关,与人生无益,而"大学之道,在明明

---

① 朱一玄,刘毓忱. 西游记资料汇编[G]. 天津:南开大学出版社,2002:323.
② 顾炎武. 日知录:卷七[M]. 北京:中华书局,1975:35.
③ 顾炎武. 日知录:卷七[M]. 北京:中华书局,1975:44.
④ 顾炎武. 日知录:卷七[M]. 北京:中华书局,1975:64.
⑤ 张书绅. 新说西游记总批[G]//朱一玄,刘毓忱. 西游记资料汇编. 天津:南开大学出版社,2002:323-324.

德,在亲民,在止于至善"是可以经世致用,开民智,强国利民的。他认为,《西游记》"逐节逐段,皆寓正心修身,黾勉警策,克己复礼之至要,实包罗天地万象,四海九州,士农工商,三教九流,诸子百家"①,是一部有根有据之书,以《大学》注《西游记》是为了破其迷惘,拨乱反正。

在评点体例上,张书绅将一百回《西游记》分为三个部分,各部分又分为五十二篇。第一部分是"单写圣经《大学》";第二部分是"杂引经书,以写气禀所拘,人欲所蔽,则有时而昏"②;第三部分则总结明新止善,概括全书大旨。张书绅认为,《西游记》的每一回都是用来解释《大学》中的一句话的。例如,第一回是解释"大学之道";第二回是解释"在明明德,在亲民,在止于至善";第五回孙悟空大闹蟠桃会是解释"小人闲居为不善,无所不至";第九回写金山寺长老收留江流儿是解释"物有本末,事有始终";第四十至四十二回写火云洞红孩儿故事是写"见利思义";第一百回则讲"释止于至善"。

在具体回目评点内容上,张书绅则是更深入地阐释了"《大学》之道"。比如他将《西游记》第一回"灵根育孕源流出,心性修持大道生"作为全书总纲——"《大学》之道"。他将"水、火、山、石、土,谓之五行"匹配为"仁、义、礼、智、信之道";将孙悟空寻求长生之道批为"转正'大学'。《大学》之道,原千古不磨,故曰长生。学至长生,其学大矣。非大人不能作此想,非大人不能为此学"③。而孙悟空游山过海则又批为"一直西来,穿州过府,登山涉水,极写'游'字,正是极写'学'字,此所以为《西游》,此所以为'《大学》之道'也"。又说:"由东胜写至西牛,方是个《大学》之道,移作别句不得。"④作品写到须菩提祖师赐猴王姓孙,谓"正合婴儿之本论",张书绅随即批道:"婴儿乃如来也,言学以复其本来,即是个大人。"⑤这是根据孟子"大人者不失其赤子之心"而来的。张书绅在第一回将天地开辟与《大学》之道相联系,后面的回目则深入论述了如何实现《大学》所要求的内修外治。比如,将第五回孙悟空扰乱蟠桃园批点为"小人闲居为不善,无所不至"⑥;将第九回唐僧出世故事批点为"物有本末,事有始终"⑦;将第十回泾河老龙犯天条故事批点为"故君子必慎其独也"⑧;将第十一回唐王游地府故事批

---

① 张书绅.新说西游记总批[G]//朱一玄,刘毓忱.西游记资料汇编.天津:南开大学出版社,2002:322.
② 张书绅.新说西游记[M].上海:上海古籍出版社,1990:10.
③ 张书绅.新说西游记[M].上海:上海古籍出版社,1990:23.
④ 张书绅.新说西游记[M].上海:上海古籍出版社,1990:24.
⑤ 张书绅.新说西游记[M].上海:上海古籍出版社,1990:34.
⑥ 张书绅.新说西游记[M].上海:上海古籍出版社,1990:20.
⑦ 张书绅.新说西游记[M].上海:上海古籍出版社,1990:46.
⑧ 张书绅.新说西游记[M].上海:上海古籍出版社,1990:49.

点为"自天子以至庶人,壹是皆以修身为本"①;将第二十三回试禅心故事批注为"其本乱,而未治者否矣"。② 他将故事中的人物性格、情节内容与《大学》章目相联系,最终达到至善的目的。

同时,张书绅认为唐僧师徒四人历经八十一难最终是为了达到至善的目的。《大学》所讲的"三纲""八目"是修身养性的标准。所谓"三纲",是指"明德""亲民""至善";"八目"则指"格物、致知、诚意、正心、修身、齐家、治国、平天下"。他在《新说西游记总批》中说:

> 《西游》一书,是把一个人从受胎成形起,直写至有生以后,又从有生以后,直写到老,方才罢手。分而言之,有唐僧行者八戒沙僧白马之疏;合而计之,实即一人之四肢五脏全形耳。五圣成真,是人生之事业已完。有此功德文章,自可以垂千古而不朽。此即长生之学,此即至善之旨也。③

张书绅认为第九回唐僧出世,经历"遭贬、出胎、抛江、报冤"四难,是至善之途的开端。张书绅将其看作全书的"大章法",所以他在回后总批中说:

> 三藏却是金蝉化身,不惟埋伏"脱壳"之案,正见妙理无穷也。凡人生斯世,无非一个金蝉,莫不由凡入圣,以脱其壳,又何独一三藏!此正是作者的正意,蕴蓄之玄关,而世竟目为闲书,则误矣。④

第九十九回,唐僧在经历八十难尚缺一难时,张书绅批曰:"少了一难,即少用一功,如何能造其极(至善)?亦一篑未成之意。"又说:"三三即是九九,八十一难,亦即九九之数。《语》云:'不经一事,不长一智'。八十一难,少了一难,即是经练不全,功夫不到处,如何言得成功?如何言得行满?即如杨雄、蔡邕、李陵,皆因不能死节,少此一难,千古令人叹惜,以议其大节有亏也。"⑤到第一百回,师徒四人取经成功并成佛,张书绅批曰:"此回言灵山已到,真经已得,天德克全,人道悉备,已得至善而止矣。于是清者成其为清,和者成其为和,任者成其为任,时者成其为时。明、新各立其极于当时,功业共垂教于后世。此即'长生'之学,此即'至善'之旨也。""一部《西游》,于此层层收煞,'止至善'三字方不落空。"⑥

在关于《西游记》作者的问题上,张书绅仍然沿袭前代说法,认为作者是邱

---

① 张书绅.新说西游记[M].上海:上海古籍出版社,1990:52.
② 张书绅.新说西游记[M].上海:上海古籍出版社,1990:91.
③ 朱一玄,刘毓忱.西游记资料汇编[M].天津:南开大学出版社,2002:324.
④ 张书绅.新说西游记[M].上海:上海古籍出版社,1990:48.
⑤ 张书绅.新说西游记[M].上海:上海古籍出版社,1990:344.
⑥ 张书绅.新说西游记[M].上海:上海古籍出版社,1990:348.

处机。但邱处机是道教人士,全真七子之一,他怎么会用《大学》来阐释《西游记》的主旨?张书绅则称邱处机虽为道流羽客,但其思想本质是儒家的,是孔孟传人,"忆邱长春,亦一时之大儒者,乃不过托足于外耳",就像"微子去殷,张良离汉,施耐庵隐于元,贾阆仙隐于僧",是形势所迫,"味其学问文章,品谊心术,无非经时济世,悉本于圣贤至正之道,并无方外的一点积习,盖即当时之水镜黄石,一隐君子也"。他对邱处机亦是充满了尊崇之情,"长春本天人之学,抱绝世之才,而身落方外,当此明窗几之下,实无可消遣此岁月,故寻此绝大旨题目,构此绝世之奇文。""吾读其书,想见其为人矣。"邱处机之所以作《西游记》,原因是"念人心不古,身处方外,不能有补,故借此传奇,实寓《春秋》之大义,诛其隐微,引以大道,欲使学者焕然一新"①。张书绅这样"改造"邱处机,也从另一方面说明,他是为了以儒学诠释《西游记》埋下伏笔,是其主观意图的体现。

第六节　明清诠释评论

前文从历时性和共时性两个方面对明清之际《西游记》批评进行了阐述。从历时性上看,《西游记》批评由明朝的起步萌芽发展到清朝的繁荣;从共时性上看,明清两代的儒、释、道的诠释,都是从哲理层面而言的。由世本开始提出的对"心性"的探讨,历经谢肇淛、李评本的成熟,到清朝则相继出现了儒、释、道等各家观点。下面分别对明清两代的代表观点进行评析。

明朝《西游记》心学思想的阐释、对"心性"说的探讨,虽然在现在学者看来并不尽能概括其义,但从《西游记》成书实际来看,此种认识至少是从百回本《西游记》的文本和创作实际出发,是明朝文人较为深入地贴近《西游记》的文本世界而作出的阐释。也有学者认为,其并非完全涵盖《西游记》的主旨,"《西游记》'求放心之喻'说以及用现代语言的表述之'人性成熟说',固然是就小说的主体情节(被称为'心猿'的孙悟空始于闹天宫,被制服后保护唐僧取经,终成正果)作出的解释,不为无据,但却回避了小说自身存在的不谐和之音,忽略了叙述中的细节(对神、佛及宗教教义的调侃戏谑)所表现出的意义,才是小说的魅力和为读者所爱读的原因之所在。所以不能认为'求放心之喻'说是完善的诠释"②。在李评本中,不仅看到其对《西游记》主旨的探讨,更看到其对作品文学性的考

---

① 朱一玄,刘毓忱.西游记资料汇编[M].天津:南开大学出版社,2002:326.
② 袁世硕.文学史与诠释学[J].文史哲,2005(4):26.

察,可当发展到《西游证道书》时,却发生了转向,不但扼杀了文学评点传播的可能性,更以金丹之道的宗教性评点贯穿小说评点的始终。

将《西游记》置于整个明清文化中,能更好地理解其评本诠释的宗教印记。

首先,小说回目和内容中大量的宗教术语和诗词,是《西游记》评点宗教性的最表层化因素。在一百回的回目中,便有十几回中含有道教内丹修炼的术语。比如,第三十八回"婴儿问母知邪正,金木参玄见假真",第四十回"法身元运逢车力,心正妖邪度脊关",第九十九回"九九数完魔灭尽,三三行满道归根"。此外,大概约有三十回出现"心猿意马"一词,正文相关诗词也有出现。对此,陈洪在《〈西游记〉"心猿"考论》指出,"心猿"一词,从中唐后进入文学作品,并用以表现佛理。至金元时期,又被全真道教吸收,成为其术语。①在正文的诗词中,柳存仁、李安纲等人便指出其中的一部分是直接借用道教徒的诗词。比如,第三十六回孙悟空在借月向唐僧阐明内丹修炼火候后所吟之诗——前弦之后后前弦,药味平平气象全。采得归来炉里炼,志心功果即西天②——就是直接将《悟真篇》中的诗歌纳入到小说中,所以评点者到此处便会说"一段《悟真篇》,正文注疏俱备,任从诸公参看"。③ 正是因为小说中大量的内丹诗词和术语引领着评点者忽视小说浓厚的文学性,而使评点方向朝着内丹发展。

其次,中国传统文人以文证道的思维模式,是使宗教评点更为深入的内在原因。自先秦以来,中国文人便习惯寻求微言大义,一直保持着文以证道的习惯。传统的儒家文人,其著书往往会担负起"为天地立心,为生民立命,为往圣继绝学,为万世开太平"的重要使命,认为文必须要载道,要"以文明道"。因此,当面对《西游记》这样的宗教性与游戏性杂糅的作品时,人们往往会忽视其文学性,而探寻其内在的微言大义,从而证《西游》之"道"。这种著文习惯和思维定式造成了《西游记》评本的儒、释、道三教评注的现象。《西游记》道教评点本中评点者的身份和思维也对"证道"起到了决定性的作用。比如,《西游证道书》的两个评点者——汪澹漪,自称是奉道弟子,写有道教小说《吕祖全传》;黄周星,资料显示应为道士身份。如果起初还只是信道文人的身份,后来的评点者则多是道门中人。张含章辑有《道学薪传》,自觉传道,"一时慕道之士,多从之游"。④ 刘一明则是乾隆、嘉庆年间西北地区全真教龙门派第十一代传人,道教宗师。这样的一位批评点者评点《西游记》,势必会抛弃文学性评点,而将评点完全道

---

① 陈洪.《西游记》的宗教文字版本问题[J]. 运城高专学报,1997(3):19-23.
② 吴承恩. 西游记[M]. 北京:人民文学出版社,2002:139.
③ 吴圣昔.《西游记》百家汇评本[M]. 武汉:长江文艺出版社,2007:267.
④ 朱一玄,刘毓忱. 西游记资料汇编[M]. 天津:南开大学出版社,2002:336.

教化。所谓以文证道,文不再是小说,而变成了道书,其将以文证道的思维发挥到了排斥文学、独留道书的程度。可以说,评点者身份的改变及其思维的进一步道教化、非文学化是《西游记》评本道教化的内在动力。

最后,明清三教合一的社会思潮是《西游记》宗教化评点的助推器。在《西游记》的各道教评点本中,金丹之道的评点常和仙佛同源、三教一家的宗旨阐述相融合。《西游证道书》谓《西游记》是"仙佛同源"之书,《西游真诠》第六十四回评语中指出"天生三教,圣人分头度世"①,《西游原旨》则提出《西游记》"贯通三教一家之理"②,《通易西游正旨》也认为"明示三教一源"③,《西游记记》指出"合三教而其揆一也"④,《西游记评注》谓其"以佛为依归,而与道书实相表里"⑤。三教合一催化了《西游记》的道教评点本,而为什么诸家评本都刚好集中产生在清朝呢?袁世硕先生认为,这是为了"挽救道教日益衰落的历史命运"⑥。

总之,清朝的宗教化评本更多的是出于传教目的的曲解附会,是"借用唐僧西天取经故事演绎道教的'金丹大旨'(即道家炼内丹的理念方法)的,是道教徒们出于明显的传教的功利目的造出来的,更是一种有社会意图的曲解,他们将其诠释当作宣传其炼丹理念方法的方式、手段,性质上也就不称其为文学诠释了"⑦。后来便出现了对道教评本的一系列批评。清人刘廷玑攻击道:"汪澹漪从而刻画美人,唐突西子,其批注处,大半摸索皮毛,即《通书》之太极无极,何能一语道破耶?"他认为汪澹漪的点评未能道破作品奥旨,穿凿附会的结果便是错误地引导了大众的阅读,"读《西游》者,诡怪幻妄之心生矣"。⑧ 后来鲁迅也直指汪澹漪"或云劝学,或云谈禅,或云讲道……文辞甚繁",而所论"皆得随意附会而已"⑨。胡适也斥责:"《西游记》被这三四百年的无数道士和尚秀才弄坏了。这些解释都是《西游记》的大仇敌。"⑩郑振铎也指出:"那些真诠、新说、原旨、正旨以及证道书等以《易》、以《大学》、以仙道来解释《西游记》的书都是戴上了一

---

① 吴圣昔.《西游记》百家汇评本[M].武汉:长江文艺出版社,2007:483.
② 朱一玄,刘毓忱.西游记资料汇编[M].天津:南开大学出版社,2002:344.
③ 朱一玄,刘毓忱.西游记资料汇编[M].天津:南开大学出版社,2002:339.
④ 朱一玄,刘毓忱.西游记资料汇编[M].天津:南开大学出版社,2002:361.
⑤ 朱一玄,刘毓忱.西游记资料汇编[M].天津:南开大学出版社,2002:363.
⑥ 袁世硕.清代《西游记》道家评本解读[J].文史哲,2003(4):150-155.
⑦ 袁世硕.文学史与诠释学[J].文史哲,2005(4):26.
⑧ 刘廷玑.在园杂志[G]//朱一玄,刘毓忱.西游记资料汇编.天津:南开大学出版社,2002:319.
⑨ 鲁迅.中国小说史略[M].武汉:长江文艺出版社,2008:106.
⑩ 胡适.《西游记》考证[G]//梅新林,崔小敬.20世纪《西游记》研究.武汉:文化艺术出版社,2008:13.

副着色眼镜,在大白天说梦话的。"①

  明清之际的《西游记》评点除了曲解附会的地方,也多有可取之处,有些观点,如"放心"说、"游戏"说,在后世都有所继承和发展,具有较大的意义价值。"放心"说在前面已有论述,"游戏"说在李评本中便指出《西游记》"游戏之中,暗藏密谛"。这期间又经过阮葵生、焦循、冥飞等清朝文人的发挥,直至新文化运动时期胡适正式提出了"游戏"说。"放心"说则在后来袁行霈主编的《中国古代文学史》中被进一步肯定,认为《西游记》的取经成佛是一"放心""定心""修心"的心路历程。

  因此,我们对明清《西游记》批评要一分为二地看待,既有肯定又有否定,需批判地继承。新文化运动时期,鲁迅、胡适等人的研究以现代学术的视角和方法来评价、研究《西游记》,使《西游记》研究走上了现代之路。

---

① 郑振铎.《西游记》的演化[G]//梅新林,崔小敬.20世纪《西游记》研究.武汉:文化艺术出版社,2008:25.

第三章　现代《西游记》诠释研究

现代《西游记》的诠释研究主要是指《西游记》研究的现代转型,时间范围是从1919年五四运动到1949年中华人民共和国成立。这一时期社会的剧变,封建体制的瓦解,西方新思想的涌入,使得大批知识分子觉醒,"别求新声于异邦"。在学术研究方法与研究范式方面也出现新的转变,一批现代文学大师,如鲁迅、胡适、陈寅恪、孙楷第等人,筚路蓝缕、奋力开拓,突破了古代评本的机械评点,实现了《西游记》研究从古代到现代的转型。

第一节　现代社会诠释语境

一、现代社会剧变与现代学术研究

现代社会的中国经历了翻天覆地的变化。鸦片战争的发生标志着封建社会的解体,辛亥革命则推翻了封建帝制、建立了民主共和体制,新文化运动的兴起使民主和科学深入人心,抗日战争和解放战争的胜利使中国人民得以翻身做主人。这期间,新文化运动时期出现的一系列现代新文学大师推动了中国文学和学术研究的现代化。

近代社会,从鸦片战争开始,封建社会便逐渐衰落并呈快速瓦解之势。西方列强全面入侵,加快瓜分中国,大批有志之士开始自觉地学习西方,"师夷长技以制夷",寻求强国富民之道。思想启蒙的新文化运动在1919年爆发,强调民主与科学,反对君主立宪制,反对旧文学,强调新文学,高举"文学革命"的大旗,认为"白话文学之为中国文学之正宗,又为将来文学必用之利器","与其作不能行远不能普及之秦、汉、六朝文字,不如作家喻户晓之《水浒》《西游》文字也"。①鲁迅、胡适等现代新文学大师身体力行、披荆斩棘将长期以来认为是丛残小语、稗官野史的小说提高到前所未有的高度,从此小说成为中国文学的典范,以昂扬的姿态登上现代学术舞台,并成为以后文学发展的主体样式。小说在中国文化史上的价值开始得到重新评估与认识,关于小说的研究则开始以勃然之势兴起,并成为中国学术研究的重要领域。

现代小说研究首先表现在出现了大批现代新文学大师高举小说研究的大旗。比如鲁迅撰写《中国小说史略》,打破了"中国小说自来无史"的局面,并创作了以《狂人日记》为代表的大量现代白话小说;胡适则致力于小说的考证,撰写了《章回小说考证》一书,对《红楼梦》《西游记》《三国演义》《水浒传》进行了系统的考证论述;梁启超倡导文体改革,发起"小说界革命",提出"小说为文学之最上乘",②强调小说与教化民众的关系,"欲新一国之民,不可不先新一国之小说","六经不能教,当以小说教之;正史不能入,当以小说入之;语录不能渝,当以小说渝之;律例不能治,当以小说治之"。③王国维于1904年创作的《〈红楼梦〉评论》即引用西方叔本华哲学与方法,开启了现代小说研究与西方文论相结合的先河。此外,更有一大批五四时期的现代文学健将参与现代小说研究,如孙楷第、郭绍虞、钱玄同、周作人、郑振铎、俞平伯、闻一多、陈寅恪、顾颉刚、董作宾、赵景深、汪原放等,大批现代学者致力于小说研究,促成小说研究的现代化。

现代小说研究也促使形成了学术研究方法的现代化。新文化运动时期,西方现代学术理论被引进,运用西方理论研究中国传统文学成为时代潮流。这其中首推实证主义。1919年实证主义大师杜威来华演讲,主要内容便是强调重实证、求真知。胡适便深受此哲学理论的影响,提出"大胆假设、小心求证"的研究方法,此理论在《〈红楼梦〉考证》中得以实践。王国维则提出"二重证据法",将地下的材料与纸上的材料相印证,同时吸纳西方哲学方法,将二者有机地结合起来,在史学和文学研究上开辟新领域、创造新方法。后来陈寅恪在此基础上发展为"三重证据法",将"异族之故书"与西方哲学方法和已有材料相互参证。

20世纪三四十年代,因抗日战争的爆发,关于学术研究乃至小说研究工作几乎停滞,关于《西游记》的研究成果较少。

随着小说地位的提高、小说观念的转变,大量现代学者致力于小说研究和小说史的编撰、小说研究现代学术方法的开拓,这些都为《西游记》研究的现代

---

① 胡适.文学改良刍议[J].新青年,1917,2(5).
② 梁启超.论小说与群治之关系[J].新小说,1902(1).
③ 梁启超.译印政治小说序[G]//霍松林.中国近代名篇详注.贵州:贵州人民出版社,1986:374.

转型打下了坚实的基础,也带来了不同于明清的现代《西游记》诠释研究。

二、现代《西游记》研究概述

现代《西游记》诠释研究是建立在对明清时期"谈禅""证道""释儒"观点的批判否定基础之上的,以胡适的《〈西游记〉考证》为开端,用重证据、实证的精神和科学理性的方法,改变明清时期个人主观式的感悟、臆断,形成现代《西游记》研究的科学形态。胡适认为《西游记》只不过是作者的游戏之作:

> 《西游记》被这三四百年来的无数道士和尚秀才弄坏了。道士说,这部书是一部金丹妙诀。和尚说,这部书是禅门心法。秀才说,这部书是一部正心诚意(当为真心诚意——引者注)的理学书。这些解说都是《西游记》的大仇敌。现在我们把那些什么悟一子和什么悟元子等等的"真诠""原旨"一概删去,还他一个本来面目。①

他对以往的研究全面否定,呼吁还《西游记》以"本来面目"。一石激起千层浪,鲁迅、董作宾、汪原放、陈独秀、赵景深、傅惜华、徐旭生等人纷纷著文,对《西游记》予以关注和研究。

鲁迅在《中国小说史略》及《中国小说的历史的变迁》中亦对明清旧说持否定态度,明确提出"此书实出于游戏":

> 评议此书者有清人山阴悟一子陈士斌《西游真诠》(康熙丙子尤侗序),西河张书绅《西游正旨》(乾隆戊辰序)(当为《新说西游记》——引者注)与悟元道人刘一明《西游原旨》(嘉庆十五年序),或云劝学,或云谈禅,或云讲道,皆阐明理法,文词甚繁。然作者虽儒生,此书实出于游戏,亦非语道,故全书偶见五行生克之常谈,尤未学佛,故末回至有荒唐无稽之经目,特缘混同之教,流行以久,故其著作,乃亦释迦与老君同流,真性与元神杂出,使三教之徒,皆得随意附会而已。②

相对于胡适的彻底否定,鲁迅对以往的评论采取客观审慎的态度,承认小说"释迦与老君同流,真性与元神杂出"。

在胡适的《〈西游记〉考证》刊出后不久,董作宾便根据已掌握的资料写成《读〈西游记〉》一文,成为最早回应胡适的文章。该文首先赞同胡适对《西游记》和吴承恩的考证所作出的贡献,后又将他所搜寻到的资料(《〈西游记〉考证》中没有的)一一列出,提供给胡适,并敦促胡适编撰吴承恩年谱。徐旭生在 1924

---

① 胡适.《西游记》考证[G]梅新林,崔小敬.20 世纪《西游记》研究.北京:文化艺术出版社,2008:26.
② 鲁迅.中国小说史略[M].武汉:长江文艺出版社,2008:106.

年作有《〈西游记〉作者的思想》一文,认为吴承恩是借《西游记》三教故事以阐发现实寓意,反对明清流行的三教合一、仙佛同源思想,认为吴承恩对"佛学知道得很浅",对道教"不能存什么信仰",而张书绅的"大学"之道尤为荒谬。陈独秀则站在文学革命的立场撰写《〈西游记〉新叙》,批判明清时期《西游记》三教合一的思想。此外还有赵景深于1923年撰写的《〈西游记〉的民俗文学的价值》、傅惜华于1927年撰写的《元吴昌龄〈西游记〉杂剧之研究》,这些文章角度不一样,多引用前人所未曾用过的材料,具有一定的价值。

继鲁迅、胡适之后,郑振铎撰写《〈西游记〉的演化》一文,详细论述了《西游记》研究取得的成果、当前的难题、新证据的发现、《西游记》的地位、唐僧出世故事的插入以及《西游记》故事的集合,成为对现代《西游记》研究的总结。孙楷第则从版本目录学入手,在《日本东京所见中国小说书目提要》《中国通俗小说书目》等著作中,对《西游记》的版本成书作出了精辟的见解。1933年俞平伯发表《驳〈跋销释真空宝卷〉》,首先提出了"非吴著说"。陈寅恪在《〈西游记〉玄奘弟子故事之演变》一文中,运用比较研究方法,对中西文化进行相互印证,对《西游记》故事的渊源及演变进行考证,先后考出孙悟空大闹天宫、猪八戒入赘高家庄、沙僧流沙河的故事。赵景深于1933年和1937年分别发表《〈西游记〉杂剧》和《〈西游记〉杂谈》两文,先后论述了《西游记》的版本与成书;后又于1937年撰写了《〈西游记〉作者吴承恩年谱》,对吴承恩生平进行了考证。许郭立诚的《小乘经典与中国小说戏曲》则通过比较《西游记》与小乘经典情节上的契合关系,深入论述了《西游记》与佛经的关系。

现代《西游记》研究在批判否定明清《西游记》"谈禅""证道""释儒"观点之后,对明清评点中的真知灼见还是有所继承的,比如前面谈到的胡适、鲁迅提倡的"游戏"说,在明清时期的评点中便早已有所涉及。而鲁迅也对明朝谢肇淛的"求放心之喻,非浪作也"表示一定的赞同。经过一系列学者前赴后继的研究,现代《西游记》研究取得了骄人的成绩,而其有别于明清时期评点式的诠释表现在以下两个方面:一是将《西游记》研究视为单纯的学术活动,将其独立于政治意识形态之外。虽然现代文学大师多以开启民智、启蒙思想为己任,但他们对于《西游记》主题的研究却主要集中在游戏之作、"滑稽小说"等方面,并无微言大义。通过这些,他们试图将《西游记》研究回归到文本价值方面。二是开始不再依附于原文作辅助性的评注,而是独立于文本之外,进行专门的论述,多采取研究论文的形式。现代《西游记》研究多是以独立论文的形式出现,更能够加深读者对作品本身的理解,同时感受文章的思辨色彩,这种评论方式在以后的学术研究中得到广泛的应用,时至今日都是主要的研究文体样式。

第二节 "游戏"说诠释

明清时期的《西游记》研究主要从哲理、宗教两个角度论述,谈禅证道释儒各说不一,相互攻讦。到新文化运动时期,鲁迅、胡适则拨开云雾,否认明清的宗教阐释,认为《西游记》实出于游戏,并无微言大义。这一观点在20世纪80年代又得到了吴圣昔等人的回应。

若追寻"游戏"说的渊源,在明清关于《西游记》的评点中已有提及。例如,在世德堂本《西游记》卷首陈元之的序中有"余览其意近跅弛滑稽之雄,卮言漫衍之为也"。李评本的评点中也有"游戏之中,暗传密谛"。清朝张书绅在《新说西游记》夹批中也说"纯以游戏写意"。含晶子《西游记评注自序》中称"世传其本以为游戏之书,人多略之,不知其奥也"。①野云主人《增评证道奇书序》中所设的长老语"此游戏耳,儒子不足深究也"。汪象旭《西游证道书》中的《读法》说:"《西游记》乃修丹证道通天彻地一部至大学问之书,无奈数百年来读者只看作玩耍游戏笔墨……辜负(作者)一片度世婆心,真是令作者笑煞恨煞。"②当时这些评点中提及的"游戏"并非有意,而是为了指称其暗藏背后的深意,究其原因,一方面承袭了古代文化传统中重现实、重实用的理性思维,"六合之外,存而不论""不语怪、力、乱、神"等的实用理性思维,使得古人在进行文学评论时注重作品的"载道""言志",即使是游戏之作也要从其中挖掘出道理。另一方面,《西游记》乃是神魔题材,神仙和妖魔鬼怪九流驳杂,又加明清时儒、道、佛三教盛行,很容易让评点者在戏笔之外探索更深层次的道理。

其实在明清时的一些其他资料中,可以发现已有评论者认识到了《西游记》游戏性的一面。清人阮葵生(1727—1789)在回答山阳县令关于是否可将《西游记》作为吴承恩的著作载入县志一事时说道:"然射阳才士,此或其少年狡狯,游戏三昧,亦未可知。要不过为村翁塾童笑资,必求得修炼秘诀,则梦中说梦。以之入志,可无庸也。"③阮葵生认为,若要从《西游记》中求得"修炼秘诀"是"梦中说梦"。他的"游戏三昧"的提法为当时释儒谈禅证道的说法吹入了一股新鲜空气,开辟了一条新路。清朝学者焦循也同意阮葵生的提法,指出:"今揆作者之意,则亦老于场屋者愤郁之所发耳。黄袍怪为奎宿所化,其指可见。"④然后说

---

① 朱一玄,刘毓忱.《西游记》资料汇编[G].郑州:中州书画社,2002:363.
② 朱一玄,刘毓忱.《西游记》资料汇编[G].郑州:中州书画社,2002:275.
③ 朱一玄,刘毓忱.《西游记》资料汇编[G].郑州:中州书画社,2002:173.
④ 朱一玄,刘毓忱.《西游记》资料汇编[G].郑州:中州书画社,2002:179.

道:"然此特射阳游戏之笔,聊资村翁童子之笑谑,必求得修炼秘诀,亦凿矣。"①焦循看到了小说情节与作者经历的联系,认为作者是在借游戏诙谐的笔墨以讽喻现实。清末民初时的冥飞在《古今小说评林》中则完全认为《西游记》乃一游戏之作,作者"随手写来,羌无故实,豪无情理可言,而行文之乐,则纵绝古今、横绝世界,未有如作者之开拓心胸者矣。"②随后又说,作者"一味胡说乱道,任意大开玩笑,有时自难自解,亦无甚深微奥妙之旨,无非随手提起,随手放倒"③,"此等无情无理之小说,作者随手写之,阅者只当随意翻之,实无研究之价值也"④。阮葵生、焦循、冥飞三人对于《西游记》游戏之作的提倡为明清时期宗教迷雾笼罩下的《西游记》研究洒下了一缕细微的阳光。

如对明清时出现的以《西游记》为代表的游戏笔墨进行深究,便会发现先哲古人对此早已有所认识。春秋时,庄子在叙述其文章格调时曾指出:"以谬悠之说,荒唐之言,无端崖之辞,特纵恣而不傥,不以觭见之也。以天下为沉浊,不可与庄语,以卮言为曼衍,以重言为真,以寓言为广。独与天地精神往来,而不敖倪于万物;不谴是非,以与世俗处。其书虽瑰玮,而连犿无伤也;其辞虽参差,而諔诡可观。"⑤这主要涉及两点:一是庄子在写作时爱好运用游戏笔墨,形成了自己的格调,并达到得心应手的程度;二是庄子并不为游戏而游戏,而是处于特定的时代环境下,即是"以天下为沉浊,不可与庄语",为更好地实现自己的写作目的而采取的积极措施。除此之外,《诗经》中有"善戏谑兮,不为虐兮"之句,《史记》中亦有《滑稽列传》。前代小说中亦存有大量荒诞不经的游戏笔墨,比如在南朝志怪小说《续齐谐记》中"阳羡书生"一篇,写阳羡许彦,路遇一书生,求寄彦所背鹅笼中,书生不更小,鹅亦不惊,彦也并未觉分量更重;后歇于树下,书生口吐食物器皿,又口吐一女,共坐宴;俄而书生醉卧,女乃又口吐一男,待女与书生共卧时,男又口吐一女,戏谈甚久,最后书生将醒,又各个逐一吞入口中。在《大唐三藏取经诗话》中,猴行者和白虎精鏖战一节,有类似情节的沿袭,写猴行者战胜白虎精之后,由于后者未服,猴行者就说对方肚里有个老猕猴,白虎精肚里果然发出猴叫声,并随即吐出一猴;而且只要未服,肚中千万猕猴,"可以今日吐至来日","今生吐至来生"。当前代小说中类似的游戏之笔运用到奇书《西游记》中时,这部游戏之作的艺术构思及其意图,给古代传统的游戏之作增加了更为深广的内涵。"游戏"是手段,"暗传密谛"是目的,而最值得注意的便是通过"游戏"笔墨所"暗传"出的"密谛"。

---

① 朱一玄,刘毓忱.《西游记》资料汇编[G].郑州:中州书画社,2002:179.
②③④ 朱一玄,刘毓忱.《西游记》资料汇编[G].郑州:中州书画社,2002:285.
⑤ 张小木.庄子解说[M].北京:中国文联出版公司,1989:37.

第三章 现代《西游记》诠释研究

新文化运动时期，鲁迅、胡适费力开拓，突破明清时机械的评点，将《西游记》研究回归到对文本的重视上。胡适在《〈西游记〉考证》中首次明确提出"游戏"说。《〈西游记〉考证》一文撰写于1923年，所收集的明清两代史料丰富，并且根据吴玉搢、阮葵生、丁晏、纪昀、陆以湉等研究者提供的线索而论定《西游记》作者是淮安吴承恩，并对作品中主要人物的来源和演化，八十一难之历史依据和其中的意象含义作了全面的考评。例如，推断出孙悟空的形象来源乃是古印度史诗《罗摩衍那》中的神猴哈奴曼，并且指出"这部《西游记》至多不过是一部很有趣味的滑稽小说、神话小说；它并没有什么微妙的意思，它至多不过有一点爱骂人的玩世主义，这点玩世主义也是很明白的，它并不隐藏，我们也不用深求"。[①] 另外，在胡适对《西游记》研究中不仅鲜明地提出了"游戏说"，还增改了第八十一难，即第九十九回所叙唐僧师徒求得真经返回东土途中，被通天河大白癞头鼋打入江中的一难，并将其改为如来劫初"玉兔烧身"的故事，然后言唐僧受金刚点化入梦，接受观音菩萨所设地狱的考验，历经最后一难。从其改作中来看，其中大讲如来"玉兔烧身"、唐僧割肉度妖，宣扬至高无上的佛性这种手法，似乎与其所提倡的"游戏"说有所违背。

对于"游戏"说，鲁迅是赞同胡适的提法的。鲁迅的《西游记》研究主要集中在《中国小说史略》和《中国小说的历史的变迁》中，将《西游记》放入史学的背景下进行研究，注重史论贯通，其中也有对作者生平、成书方式、成书年代、情节本身源流以及版本演变的考证。他将《西游记》纳入神魔小说的发展轨道，认为其是神魔小说的开山之作和最典型的代表，对后来神魔小说具有示范作用；他还将《西游记》放在中国小说发展的整体历史进程中进行分析、评论，指出宋元以来，崇道风盛，到明朝更是兴盛，道流羽客"皆以方挤杂流拜官，荣华熠耀，世所企羡"[②]，终于神魔小说大量出现并且蔚为大观，构成当时与世情小说并举的两大文学潮流。鲁迅对《西游记》研究中以史统论、以论证史、史论结合、相得益彰，将《西游记》研究提升到前所未有的高度。关于《西游记》主旨，鲁迅在《中国小说史略》上这样论述："作者禀性，'复善谐剧'，故虽述变幻恍惚之事，亦每杂解颐之言，使神魔皆有人性，精魅亦通世故，而玩世不恭之意寓焉。"[③]鲁迅在明确提出《西游记》乃游戏之作的同时，也是持有审慎态度的，他承认小说"释迦与老君同流，真性与元神杂出"的事实，赞同谢肇淛的"放心之喻"，认为"假欲勉求大旨，则谢肇淛之'《西游记》漫衍虚诞，而其纵横变化，以猿为心之神，以猪为意

---

① 胡适.《西游记》考证[G]//梅新林，崔小敬.20世纪《西游记》研究.北京：文化艺术出版社，2008：26.
② 鲁迅.中国小说史略[M].武汉：长江文艺出版社，2008：97.
③ 鲁迅.中国小说史略[M].武汉：长江文艺出版社，2008：106.

之驰,其始之放纵,上天下地,莫能禁制,而归于紧箍一咒,能使心猿驯伏,致死靡他,盖亦求放心之喻,非浪作也'数语,已足尽之",①在赞同"游戏"说的同时,鲁迅"假欲勉求大旨"的说法,显示出相对于胡适激烈的态度而言,其更为温和、客观和审慎。

  新文化运动之后,关于《西游记》的观点众说纷纭,直到20世纪80年代,"游戏"说又被重提,代表者为吴圣昔。吴圣昔的"游戏说"主要体现在《西游新解》一书中,其继承并发展了胡适和鲁迅先生的说法,即他不赞成甚为流行的种种政治、哲理、宗教主题说。吴圣昔认为,《西游记》纯粹是一种游戏笔墨,是作者有创作个性的独特体现,而这种游戏笔墨正是其特异之处,无论是塑造人物、描写故事,还是组织对话、刻画细节,都内含着"游戏"二字;同时他还认为作者运用了大量的荒诞手法,使作品充满奇幻神秘的氛围。当然,吴圣昔也认识到《西游记》绝不是单纯地为游戏而游戏,而是蕴含着深刻的人生哲理。吴圣昔认为,《西游记》的游戏之笔会引发人们的愉悦情绪和审美快感,蕴含极其丰富的情感色彩,"是净化心灵中或许存在的假、丑、恶因素的催化剂,并同时促使心灵中潜在的对真善美的企求和向往,得以加速升华,从而使人们的情感、理智、品质、道德等精神因素在新的高度上获得新的平衡和出现新的和谐。这就是作为游戏之作《西游记》密谛的启示性和最根本的价值所在,这种启示性和价值是超越时代的,因而是不朽的、永恒的"。②吴圣昔还曾在《〈西游记〉——游戏笔墨的艺术结晶》一文中总结道:"若要问《西游记》最鲜明的特点是什么?我的回答就是它的游戏笔墨,一部《西游记》就是游戏笔墨的艺术结晶。"③后来朱其凯在《论〈西游记〉的滑稽诙谐》一文中认为,"《西游记》采用喜剧性形式的滑稽诙谐,借神魔故事以揭示现实中的某些喜剧性的矛盾和缺点,在引起人们欢笑的同时,寄寓着作者对这类社会现实的评价"。④ 这是一个入世者对现实生活的积极干预,因而包含着深入事物底里的滑稽诙谐。方胜的《〈西游记〉是一部游戏之作》中说:"离开《西游记》是游戏之作这一根本特性,无视《西游记》作者那支游戏之笔的意义,而奢谈小说的思想、艺术成就及其社会价值,其结论只能是一般化的,甚至有可能是不切实际的。"⑤胡晓也在《胡适〈西游记〉考证述评》中肯定了胡适"游戏"说的观点。欧阳健也撰文认为玩世主义是贯穿全书的基调,并认为吴承恩凭借自己丰富的阅历和独特的艺术情趣、个性气质,通过神魔世界的外

---

  ① 鲁迅.中国小说史略[M].武汉:长江文艺出版社,2008:106.
  ② 吴圣昔.西游新解[M].北京:中国文联出版公司,1989:37.
  ③ 吴圣昔.《西游记》:游戏笔墨的艺术结晶[J].贵州文史丛刊,1988(3):18.
  ④ 朱其凯.论《西游记》的滑稽诙谐[J].山东师范大学学报,1987(1):20.
  ⑤ 方胜.《西游记》是一部游戏之作[J].文学评论,1988(2):17.

壳再现了现实世界的真实,以玩世不恭的态度表达出对现实世界的评价和判断。

虽然对《西游记》的"游戏说"现在还多存有争议,甚至有学者对此表示坚决反对,可是正是游戏笔墨使得《西游记》无论在思想还是在艺术方面都有其独创性,并发挥了不可磨灭的积极意义,这主要表现在以下三方面:

其一,作者通过游戏笔墨含蓄而曲折地表达其创作意图和创作宗旨,正所谓"游戏之中暗传密谛"。作者富有艺术个性的游戏笔墨,在创作实践中完全达到了预期的效果,运用游戏笔墨来描绘的作品形象体系,具有一定的哲理意义,这不仅深化了作品主题的内涵,而且形成了一种与一般游戏之作完全不同的耐人寻味的意境,使《西游记》这部神魔小说成为游戏之作的典范。

其二,游戏笔墨的运用,给人物形象的塑造带来了巨大的艺术效果,使作品中一系列的人物性格都栩栩如生。正如鲁迅所说"神魔皆有人情,精魅亦通世故"。"作者秉性,'复善谐剧',故虽述变幻恍惚之事,亦每杂解颐之言",[①]戏笔勾勒的神魔形象,淡化了宗教观念赋予的神秘性,强化了他们身上的人情世态的成分,精明勇敢的孙悟空、憨态可掬的猪八戒都给人们留下了深刻的印象。在人们心目中,这些神魔并非是远离尘寰的可怕的威慑力量,而是披着宗教神秘外衣、内心充满人情世故、具有特定性格的现实生活的折射。比如,牛魔王家族中的人物关系就显露了浓厚的儿女之情,对老君、如来、玉皇、观音的描写亦是脱去了其神圣的光环,人物性格特征丰富生动。

其三,其诙谐和富有艺术个性的游戏笔墨是《西游记》获得老少喜爱和雅俗共赏的基础。《西游记》的游戏笔墨融戏谑性、趣味性、讽喻性和幽默感于一炉,对故事情节、人物形象的塑造吸引着各个不同时代、不同阶层的人们沉浸其中、反复品尝、回味无穷。

总之,"游戏"说自有其渊源、演变的客观系统性,对此我们不能一味地或褒或贬,要认识到其在对《西游记》研究回归到文本性方面所起到的重要作用,并进而对此进行客观、合理的认识和研究。

第三节 神魔小说与神话小说

在对《西游记》主题理解的过程中,《西游记》究竟属于何种性质的小说,也是解读《西游记》的题中之义。《西游记》的题材性质历来主要有神魔小说和神

[①] 鲁迅.中国小说史略[M].武汉:长江文艺出版社,2008:106.

话小说两种观点之争。

鲁迅在《中国小说史略》中提出了神魔小说的概念,并将《西游记》视为神魔小说的开创之作和代表之作。鲁迅在《中国小说史略》中这样提出"神魔"之名:

> 且历来三教之争,都无解决,互相容受,乃曰"同源"。所谓义利邪正善恶是非真妄诸端,皆混而又析之,统于二元,虽无专名,谓之神魔,盖可赅括矣。①

后来鲁迅又在《中国小说的历史的变迁》中强调:

> 当时的思想,是极模糊的,在小说中所写的邪正,并非儒和佛,或道和佛,或儒、释、道和白莲教,单不过是含胡的彼此之争,我就总括起来给他们一个名目,叫作神魔小说。此种主潮,可作代表者,有三部小说:(一)《西游记》;(二)《封神传》;(三)《三宝太监西洋记》。②

鲁迅"神魔小说"的概括绝非空穴来风,而是建立在对明朝社会思想风尚全面掌握基础之上的。鲁迅根据道教自元朝开始便已兴盛隆重,到明朝帝王乃至民间更是崇道风盛,道流羽客遍布,"方伎杂流拜官,荣华熠耀,世所企羡","妖妄之说自盛,而影响且及于文章",这些构成了明朝神魔小说繁盛的原因。推演神魔小说的发展流向,大致可为:明初之《平妖传》已开其先,其后有《四游记》行于世,包括《八仙出处东游记》《五显灵官大帝华光天王传》《北方真武玄天上帝出身志传》《西游记传》,后来《西游记》成为巅峰之作,《封神演义》则殿后,在此发展历程中突出了《西游记》的重要地位。鲁迅也注意到了《西游记》本身内容的复杂性——三教合一、九流并处,他经过仔细地思量,在《中国小说史略》中用上、中、下三章论述"明之神魔小说",他对涉及的小说进行逐一概括介绍,并与当时的创作思潮相联系,作出合理的评论。在后面的篇章中又提出了以《金瓶梅》为代表的世情小说,将其与以《西游记》为代表的神魔小说并列为明朝小说的两大主要潮流。从此,神魔小说成为以《西游记》为代表的类型小说研究的专业术语,《西游记》评论者多借鉴采用此说法。

与鲁迅相对,胡适提出"神话小说"的概念,在《〈西游记〉考证》中这样说:"指出这部《西游记》至多不过是一部很有趣味的滑稽小说、神话小说。"③胡适在书中逐层论证:

---

① 鲁迅.中国小说史略[M].武汉:长江文艺出版社,2008:97.
② 鲁迅.中国小说的历史的变迁[C]//鲁迅文集全编.北京:国际文化出版公司,1995:34.
③ 胡适.《西游记》考证[G]//梅新林,崔小敬.20世纪《西游记》研究.北京:文化艺术出版社,2008:26.

这个故事是中国佛教史上一件极伟大的故事；所以这个故事的传播和一切伟大故事的传播一样,渐渐地把详细节目都丢开了,都"神话化"过了。况且玄奘本是一个伟大的宗教家,他的游记里有许多事实,如沙漠幻影及鬼火之类,虽然都可有理性的解释,在他自己和别的信徒的眼里自然都是"灵异",都是"神迹"。后来佛教徒与民间随时逐渐加添一点枝叶,用奇异动人的神话来代换平常的事实,这个取经的大故事,不久就完全神话化了。

第一部分乃是世间最有价值的一篇神话文学。我在上文已略考这个猴王故事的来历。这个神猴的故事,虽是从印度传来的,但我们还可以说这七回的大部分是著者创造出来的。

《西游记》所以能成世界的一部绝大神话小说,正因为《西游记》里种种神话都带着一点诙谐意味,能使人开口一笑,这一笑就把那神话"人化"过了。我们可以说,《西游记》的神话是有"人的意味"的神话。①

无论是胡适的"神话小说"还是鲁迅的"神魔小说",从当时对《西游记》总体性质的认识来看,并无差别。到20世纪八九十年代,随着西方神话原型批评方法的引入,这两个概念在学术界引起了一定的争论,并各有拥护者。

20世纪80年代,何满子在《〈西游记〉研究的不协和音》中赞同"神魔小说"说法,认为"鲁迅特称之为'神魔小说',这是唯一恰符内容的名称";而批判"神话小说"提法,认为"'神话'这一特定的艺术概念的非科学的说法。"②他这样论述道：

鲁迅特称之为"神魔小说",这是唯一恰符内容的名称。到现在还有人称《西游记》《封神榜》《义妖传》之类为"神话小说",这是昧于"神话"这一特定艺术概念的非科学的说法。马克思早就说过,神话是人类童年期的产物,只能产生在初民社会的土壤中,创造神话的人民(它不是某一作家的艺术虚构,那时也没有作家这样的社会分工)对自然和社会关系的见解本身就是神话式的。除此之外,那时不能有别的形式(例如,哲学的、科学的、宗教的,等等)解释世界。这是马克思主义的常识。远远离开创造神话的时代已有几千年的明朝,如果那时的艺术创作可称为神话,那就等于称明朝皇帝为首长一样滑稽。③

李希凡在《〈西游记〉与社会现实》一文中,也赞同"神魔小说"的提法：

---

① 胡适.《西游记》考证[G]//梅新林,崔小敬.20世纪《西游记》研究.北京:文化艺术出版社,2008:21.
②③ 何满子.《西游记》研究的不协和音[C]//江苏省社会科学院文学研究所.西游记研究:首届《西游记》学术讨论会论文选.南京:江苏古籍出版社,1984:12.

鲁迅的概括,是符合《西游记》的思想艺术特点的。尽管鲁迅讲这些话时,还不是马克思主义者,但他的意见却是十分精辟而又科学的。他把"神魔小说"同古代神话严格区别开来,而区别的标志,是作品所反映出的社会生活和时代思潮的特征。①

钟扬的《"神魔""神话"二说之起伏消长——"西游学"史片面观》一文,对"神魔"与"神话"进行了专门的论述,并梳理了他们发展的线索,认为二者并不是绝对"不可调和的斗争","因为作为中国小说研究的两大巨擘,鲁迅与胡适当初在《西游记》研究上不仅于史料互通有无,即使于论点也相互借重……'神魔''神话'二说在使《西游记》研究摆脱宗教评论模式,踏上社会评论、艺术评论轨道的进程中,都有着不没之功"。②

不管是认为二者不可调和,赞同一说反对另一说,还是认为二者可以相互融合,我们都应当对"神魔小说"和"神话小说"两个概念有清晰的认识。神话是远古先民在与未知的自然现象作斗争的过程中,为了取得胜利,运用原始想象力而创造出来的产物,体现了人类童年时代的天真和幻想。"神话"一词只能概括《西游记》的外在形式,与《西游记》的文化内涵却不相符合。而"神魔小说"的概念则既具有神话的外在形式特征,又能概括作品丰富的文化内涵,相比"神话小说"而言,显得更加合理、科学,鲁迅的概括也更为审慎恰当。

第四节 现代诠释评论

民主、科学在现代社会深入人心,因而在研究《西游记》的过程中,更加推崇重证据、重分析的实证科学精神,摆脱了明清《西游记》研究的主观臆断。明清《西游记》研究观点不一、评论蜂起,但是其研究诠释多是以小说评点式的方式出现,注重评点者的主观感悟,多是具有审美鉴赏性的。其间虽有言简意赅的真知灼见,但缺乏严格的科学论证精神。其间以《大学》、以仙道来评论《西游记》更是无中生有,是评论者的主观思想和一己之见,只能说是有功利性的附会。新文化运动时期,这种重主观、轻学理的评论方式受到了严厉批判。除鲁迅、胡适著文严厉批判外,尚有陈独秀、徐旭生、许郭立诚等人的论述。

---

① 李希凡.《西游记》与社会现实[C]//江苏省社会科学院文学研究所.西游记研究:首届《西游记》学术讨论会论文选.南京:江苏古籍出版社,1984:23.

② 钟扬."神魔""神话"二说之起伏消长:"西游学"史片面观[J].安庆师范学院学报,1987(3):79-86.

第三章　现代《西游记》诠释研究

陈独秀站在社会和文学革命的立场批判古代《西游记》研究的混乱,说道:"'乃是佛与仙与神圣,三者躲过轮回,不生不灭。''一心里访问佛仙神圣之道,觅个长生不老之方。'这就是《西游记》作者之旨。这种南北朝以来三教合一的混乱思想,我们是无所取的了。"①坚决批判古代的旧思想,正如他在《敬告青年》一文中所发出的号召一样:"要拥护那德先生,便不得不反对孔教、礼法、贞节、旧伦理、旧政治。要拥护那赛先生,便不得不反对旧艺术、旧宗教。要拥护德先生,又要拥护赛先生,便不得不反对国粹和旧文学。"②他坚决地与中国传统文学作出决裂。

陈旭生在《〈西游记〉作者的思想》一文中认为,文学批评应分为三种:历史的批评、艺术的批评和思想的批评。他赞同胡适等人在科学的考证基础上所作出的历史的批评,认为吴承恩实是根据历史记载或民间传说而作《西游记》,将其贯之以新的精神、新的形貌,"把神奇的传说化作不近人情的故事"是历史累积型的小说。在思想批评上,他亦是反对明清盛行的"三教合一"思想,认为吴承恩本人对于佛教道教知之甚浅,"实在不存什么信仰",而儒家学说则更为荒谬。最后,他总结道:"吴承恩的思想虽然受释道两家的影响,他对于释道两家却全未达深处,并且他的意思也绝不是替他们两家张目的。可是他对于人情细隐处,很有研究,并且很有独见的地方,就借着杨书的轮廓发表他特殊的意见。他并且很有玩世的精神,滑稽的天才,眕着脸挖苦人,却使人不细想还不觉得,所以能成中国的一个绝大的小说家。"③吴承恩只不过是借题发挥,借三教之事以暗喻现实。

20世纪40年代,因抗日战争的爆发,关于《西游记》研究几乎处于停滞状态。这一时期出现的论文主要有:许郭立诚的《小乘经典与中国小说戏曲》、台静农的《关于〈西游记〉江流本事》、袁圣时的《〈西游记〉研究》、冯汉镛的《孙悟空与猪八戒的来源》、庄一拂的《目连戏与〈西游记〉》、汪浚的《吴承恩与〈西游记〉》。其中,许郭立诚在《小乘经典与中国小说戏曲》一文中,在综合分析佛经故事对中国小说创作的影响后,认为小乘佛教中的神话和故事是中国"小说戏剧发展的因素"。他将《西游记》中人物、情节与佛经相联系,追溯出《西游记》人物情节原型,如《六度集经》中讲述的猕猴王故事等,这种研究方法与陈寅恪的比较研究、追溯渊源的思路相一致。以上论文主要是对《西游记》主题情节进行的相关论述,而现代关于《西游记》研究还涉及版本目录、故事情节的演变和吴

---

① 陈独秀.《西游记》新叙[G]//林文光.陈独秀文选.成都:四川文艺出版社,1978:197.
② 陈独秀.敬告青年[J].新青年.1915(9).
③ 徐旭生.《西游记》作者的思想[J].太平洋,1917(9):1-18.

承恩生平的考证,郑振铎、孙楷第、刘修业在这三个方面作出了突出的贡献。

总之,现代《西游记》研究在掌握资料有限的情形下,通过一批批学者的不断努力实现了《西游记》研究的现代转型,其主要表现在取得了一些开创性的成绩,赋予《西游记》研究以现代特质,并界定出了《西游记》研究范围,对后世产生较大的影响,这些成绩和影响主要表现在以下几方面:

(1)《西游记》的主题问题。

《西游记》内容的复杂深奥,从各方面均可对其进行解读,往往会出现见仁见智的不同观点。明清时期对《西游记》研究多以主观附会式的评点为主,而鲁迅则以实事求是的态度,认为"神魔皆有人情,精魅亦通世故",虽然表面上讲神魔鬼怪,但实际上是折射现实社会。胡适则激烈地要求还作品以本来面目,意即将《西游记》研究回归到文本之上,要求以一种纯粹的艺术和审美的眼光,来掌握和解读《西游记》。

(2)第一次论定《西游记》非文人独立创作型的作品,而是世代累积型的作品,是经历了不断地继承、改编、流变最终形成的集大成之作。

世代累积型作品,是指中国古代小说作品的成书多是通过史书记载、民间说书艺人讲唱,最后经由某一文人小说家改编完善定型。《三国演义》《水浒传》便是世代累积型的作品,《金瓶梅》虽是由《水浒传》延续而来,但已与《三国演义》《水浒传》有了根本性的变化,文人独立创作成分增加,并占绝大部分,到《红楼梦》则完全成为文人独立创作型的作品了。最先对《西游记》的故事演化作出考证的是胡适。他首先通过对收集来的作品,如《大唐西域记》《大唐大慈恩寺三藏法师传》《高僧传》等历史文献进行了细致的考证,指出《西游记》是以历史故事为基础。然后,他又对唐宋流行的笔记小说进行爬梳,尤其对《大唐三藏取经诗话》进行细致地阅读,揭示取经本身的过程,发现《西游记》最终成书的历史依据。最后他又结合元朝的《西游记》杂剧进行了考察,最终得出结论——《西游记》是一部世代累积型的作品。这一说法后来得到了鲁迅的赞同。胡适、鲁迅对《西游记》成书过程的论断,尊重史实,揭示了小说成书的演变轨迹。鲁迅更是将《西游记》作为神魔小说的巅峰之作,认为吴承恩最伟大的贡献就是创造出了伟大的小说《西游记》。

(3) 考证出吴承恩是《西游记》的作者。

关于《西游记》的作者问题,至今仍是一争论的热点,主要有吴承恩说、邱处机说、陈元之说。胡适、鲁迅则追根溯源,考证出吴承恩为《西游记》的作者。胡适一直不认同邱处机为《西游记》的作者,认为"《西游记》不是元朝的长春真人邱处机作的","小说《西游记》与邱处机《西游记》完全无关"①,邱处机弟子李志常所作的《长春真人西游记》是"地理学上的重要材料,并非小说"。鲁迅也根据《淮安府志》记载的吴承恩事迹,以及钱大昕、纪昀、丁晏、吴玉搢、阮葵生等人的记载,确定吴承恩为《西游记》的最后写定者。鲁迅通过搜索古籍,力排众议,得出的结论是极为谨慎客观的,得到了很多学者的赞同,并且整个学术界也接受此种结论。不过,这一说法在后来也受到了一些质疑。比如20世纪80年代,章培恒率先发表《百回本〈西游记〉是否吴承恩所作》,指出现有的材料不能证明吴承恩为《西游记》的作者,从而引发关于《西游记》作者问题的讨论,可是无论怎么讨论,如何发展,鲁迅、胡适考证出吴承恩为《西游记》作者的成果是永远不会被抹杀的,是后人必须首先正视的研究成果,也是另立新说的出发点。

(4)对《西游记》的主题思想进行了新的探索,力图将《西游记》研究回归到文本方面。

鲁迅在《中国小说史略》和《中国小说的历史的变迁》中,运用史论结合的方法,按照《西游记》发展的历史顺序,以史学的眼光对该著作进行横向审视。运用考评结合的方法,考证事物发展的过程,并对其进行客观的分析评论。鲁迅客观审慎地提出"放心之喻",并且在一定程度上赞同"游戏"说。胡适则直接坚决否定明清旧说,提出《西游记》纯是一部游戏之作,他们这些努力都是为了将《西游记》研究由宗教阐释拉回到文本阐释上来。

综上所述,这些《西游记》研究成果,不仅感受着社会思潮的变化,也吸纳了西方的理论,同时又有中国古代文化的侵染,这些方面的结合使得现代《西游记》的诠释研究取得了巨大的成绩。

---

① 胡适.《西游记考证》[G]//梅新林,崔小敬.20世纪《西游记》研究.北京:文化艺术出版社,2008:3.

第四章 当代《西游记》诠释研究

第一节 当代《西游记》研究概述

1949年,中华人民共和国成立,中国历史的发展也进入了当代。当代中国取得了巨大成绩和翻天覆地的变化,逐渐成为屹立于世界民族之林的强国。

当代中国的发展,实现了传统性、现代性与后现代性的三者统一,即当代中国的发展由传统的农业社会向现代工业社会和信息社会转变的全面发展,它既包含了从传统农业社会向工业社会转变,也包含从工业社会向信息社会的转变。当代中国在摸索的过程中不断前进,取得巨大的成就。

新中国的学术环境也伴随着国家的发展而出现波折。新中国成立之初,在"百家争鸣,百花齐放"指导方针的影响下,这一时期的文学在研究领域和深度上都有所拓展和推进;改革开放时期,新思想、新理论的涌入,学术研究开始逐渐复苏,并走向繁荣;进入21世纪社会主义新时代后,优秀传统文化得到了创造性转化、创新性发展。基于上述历史进程,当代《西游记》研究历程,可以划分为以下两个阶段。

1. 第一阶段:新中国成立初期(1949—1966)

新中国成立初期,对《西游记》研究沿袭20世纪三四十年代的研究态势,在百废待兴、万象更新的时代背景下,在"百花齐放,百家争鸣"方针的鼓舞下,开拓了新的研究领域并取得了一系列新的研究成果。张默生、冯沅君、霍松林、黄肃秋、胡念贻、魏建功、沈康仁、严敦易等学者在这一时期发表了一批水平较高的关于《西游记》研究的论文。比如,张默生的《谈〈西游记〉》(《西南文艺》,1953年第8期)、冯沅君的《批判胡适〈西游记考证〉》(《文史哲》,1955年7月)、霍松林的《略谈〈西游记〉》(《语文学习》,1956年第2期)、黄肃秋的《论〈西游记〉第九回问题》(《文学书刊介绍》,1954年第8期)、胡念贻的《〈西游记〉是怎样一部小说?》(《读书月报》,1956年第1期)、魏建功的《略论〈西游记〉的结构形式和语言工具的成就》(《文学书刊介绍》,1954年第8期)、沈康仁的《〈西游记〉试论》(《新建设》,1956年第2期)、严敦易的《〈西游记〉和古典戏曲的关系》(《文学书刊介绍》,1954年第8期)。上述研究论文主要保存在作家出版社于1957年出版的《〈西游记〉研究论文集》中。

1966—1976年,这一阶段关于《西游记》研究成果较少,只有1973年人民文学出版社出版的《西游记》,前面所附的郭豫适、简茂森撰写的前言,除了对作品的介绍外,还分析了《西游记》故事演变、成书过程、思想意义、艺术特色等。对此,本书不作展开说明。

2. 第二阶段:改革开放新时期(1978年至今)

1978年至今的《西游记》研究历程则可划分为以下四个时段:

(1) 20世纪七八十年代,侧重于对《西游记》主题思想的研究。

这一时期,随着改革开放的推进,人们的思想逐渐摆脱禁锢,关于《西游记》研究开始出现积极形势,主要特点是研究大都从作品形象本身的鉴赏出发,继而对作者生平思想、版本演变、成书年代、故事源流进行探索、钩沉与考辨,最后挖掘和探究作品深层次的文化内涵,并从宏观角度评价作品在整个文学史上的地位。例如,关于作品主题性质的研究文章有:朱彤的《论孙悟空》(《安徽师大学报》,1978年第1期)与《论吴承恩的思想》(《学习与探索》,1979年第2期),这两篇文章分别对作品的人物形象与作者思想进行了重新的认识与评价,认为孙悟空既不是"农民起义的英雄",也不是"投降的叛徒",而是个神话化的"市民英雄"形象。此外,还有赵明政《孙悟空是"新兴市民"的典型形象吗?》(《安徽师大学报》,1978年第3期),简茂森《孙悟空形象的阶级属性》(《安徽师大学报》,1978年第4期)、朱式平《试论〈西游记〉的思想政治倾向》(《山东师院学报》,1978年第6期)郝世峰《孙悟空形象略谈》(《南开大学学报》,1978年第4、5期合刊),严云受《孙悟空形象分析中的几个问题》(《安徽师大学报》,1979年第2期),苗壮《从孙悟空看〈西游记〉的思想倾向》(《辽宁师院学报》,1979年第1期),罗东升《试论〈西游记〉的思想倾向》(《华南师院学报》,1979年第2期)等。这几篇文章最终收录在胡光舟于1980年所编的《吴承恩与〈西游记〉》一书中。

(2) 20世纪80年代中后期,对《西游记》研究趋于全面,集中讨论了作者、成书、版本等基础学科层面的问题。

这一时期,关于《西游记》研究,学术界开展了一系列规模较大的学术活动。例如,1982年10月,首届《西游记》学术讨论会在江苏省连云港市和淮安县举办,会议探讨了《西游记》的思想艺术、孙悟空等人物形象及其源流、成书过程、版本演化、吴承恩生平等。其后1986年、1988年分别举办了第二届、第三届全国《西游记》学术研讨会。三次《西游记》学术研讨会的召开，开启了新时期《西游记》学术研究的繁荣。这一时期发表的《西游记》论文数量及质量均非前两个时期可比，出现了许多优秀的文章，并涌现了一批有思想的优秀学者，比如章培恒、张锦池、赵国华、吴圣昔等。这一时期颇具影响的书籍有：胡光舟《吴承恩和西游记》、朱一玄《〈西游记〉资料汇编》、苏兴《吴承恩年谱》及《吴承恩小传》、张静二《西游记人物研究》、余国藩《西游记论集》、李时人《西游记考论》、张锦池《西游记考论》等。

（3）20世纪八九十年代，关于《西游记》研究出现了多元化、纵深化态势，学者们开始发掘作品的深层次思想文化内涵，在作品的审美特征、原型批评和宗教文化方面的研究取得卓越的成绩。

随着改革开放的深入，文化学术日益繁荣，《西游记》研究也取得了巨大的成绩，呈现出两个主要特征：一是反思性，对前人的研究成果进行重新认识和思考，在作者、主题、版本、宗教意识等方面，都提出了许多新的反驳性观点；二是多元化，在前人已涉足的领域之外，开拓了新的领域，比如运用神话原型理论、人类学等的方法进行新的批评研究。此一时期涌现出众多的优秀学者，主要有王国光、诸葛志、田同旭、杨义、竺洪波、黄霖等，他们纷纷著书立文，阐述对作品主题、人物等各方面的认识和观点。主要作品有王国光《西游记别论》、杨义《〈西游记〉：中国神话文化的大器晚成》、竺洪波《四百年〈西游记〉学术史》、黄霖《关于〈西游记〉的作者和主要精神》和《对于自我价值和人性美的追求——关于〈西游记〉的主要精神》等。

（4）21世纪初，中国进入社会主义新时代，随着"一带一路"倡议的提出，优秀传统文化实现创造性转化和创新性发展，这一时期强调学术要为大众服务，并得到广泛的普及与应用，故与《西游记》相关的文化产业，如雨后春笋，蓬勃发展。

这一时期，关于《西游记》研究取得了丰硕的成果，开始由传统的学术研究转型为普及应用和服务大众。随着"一带一路"倡议的实施，优秀传统文化创造性转化、创新性发展的提倡，西游文化产业得到了如火如荼的发展。西游文旅产业，比如连云港5A级花果山风景区、淮安4A级吴承恩纪念馆、新疆火焰山风景区等，均已成为城市的名片，为城市的发展带来显著的经济效益。根据《西游记》改编的影视剧更是琳琅满目，例如，1986年版的电视连续剧《西游记》。此外，对《西游记》的影视改编作品也层出不穷，甚至出现了一些想象奇特、表现方式特别的作品。例如，2013年《西游降魔篇》、2014年《西游记之大闹天宫》、2015年《大圣归来》、2016年《西游记之孙悟空三打白骨精》、2017年《西游伏妖篇》《大闹天竺》、2018年的《西游记之女儿国》等。21世纪,《西游记》成为超级IP,显示出勃勃生机;《西游记》成为说不尽、道不完的文化母题;《西游记》这座文化富矿被不断挖掘,带来巨大的经济效益。

第二节 社会性主题说诠释

《西游记》的社会性主题说诠释,主要是将《西游记》看作"一部以非现实的形式反映社会政治问题的政治小说"①,几乎贯穿于20世纪后半期的《西游记》主题论争之中,自50年代至90年代可划分为以下三个阶段:

(1) 1949—1978年,以张天翼、李厚基、童思高、沈玉成、李大春等人为代表,以阶级斗争或农民起义为主线,提出了"主题矛盾"说、"孙悟空投降"论、"主题转化"说、"主题统一"说。

(2) 20世纪七八十年代相继出现了"歌颂反抗和光明正义"说(胡光舟)、"安天医国"说(朱式平)、"经国宁民"说(朱其铠)、"诛奸尚贤"说(罗东升)、"反映人民精神"说(朱继琢)、"歌颂市民"说(朱彤)、"仁政治国"说(陈民牛)、"追求正统与正义统一"说(王齐洲)。

(3) 20世纪90年代至今,出现了许多关于《西游记》社会性主题的观点,较具代表性的有吕晴飞、田同旭的"反映时代思潮"说以及王辉斌、张锦池的"人才观"说。

一、《西游记》主题的"矛盾""转化"与"统一"

1954年2月,《人民文学》刊出了著名作家张天翼的《〈西游记〉札记》一文。该文首次运用唯物主义阶级分析法来评论《西游记》,文章将作品中神仙妖魔鬼怪之间的斗争与农民阶级和地主阶级之间的阶级斗争相联系,由此认为作品的主题是"反映封建社会的统治阶级与人民(主要是农民)之间的矛盾和斗争"②。文章认为,《西游记》前七回的大闹天宫与后来的西天取经在思想主旨上是对立的,是"后者否定前者"的。张天翼认为孙悟空在一开始大闹天宫,是农民起义的反抗英雄,但被压五行山下,西天取经是"投降了神","保唐僧到西天去取经,一路上和他过去的同类以及同伴作恶斗",这就"像《水浒传》里描写的宋江他们

---

① 黄霖.20世纪中国古代文学研究史:小说卷[M].上海:中国出版集团东方出版中心,2006:312.
② 张天翼.《西游记》札记[C]//《西游记》研究论义集.北京:作家出版社,1957:3.

那样,受了地主统治阶级的'招安',成了农民革命的'叛徒'"①。由此便形成了影响深远的《西游记》"主题矛盾"说,也被称为"孙悟空投降论"。

此文一出,在当时引起了极大的反响,后来出现的许多论文和文章都是从张天翼文章中引申出来的,比如沈玉成、李厚基的《读〈西游记〉札记》、刘樱村的《〈西游记〉的现实性》、胡念贻的《〈西游记〉是怎样一部小说?》、沈仁康的《〈西游记〉试论》、童思高的《试论〈西游记〉的主题思想》、张默生的《谈〈西游记〉》、霍松林的《略谈〈西游记〉》等,他们大多赞同用唯物主义阶级分析的观点和方法来分析《西游记》。当然,不可否认这主要是受当时政治经济形势的影响,认为"主题矛盾"说是一场"撇开了一切玄虚的、歪曲的旧说"的革命。同时他们也认为"孙悟空投降"论并不合理,坚持认为孙悟空具有斗争精神,是正义使者的化身,"坚强、幽默、机智以及善良",是"理想的典型",是"正面形象",假如说他"投降了统治者","就会大大地减弱孙悟空这一正面形象的完整性和统一性"②,甚至有可能得出否定《西游记》的结论。于是到20世纪70年代末80年代初,学者们纷纷提出了对"主题矛盾"说的修正,出现了"双重主题""主题转化""主题统一"等多种主题观。

李希凡在1983年《江海学刊》第1期发表文章《〈西游记〉与社会现实》,重申了他在60年代提出的"主题转化"说,认为作品前面大闹天宫、后面西天取经的"两截子"结构是客观存在的,也只有"转化"说才能将它们融合起来,"使它们完全融合成一体"。《西游记》前七回大闹天宫反映了孙悟空"战斗的叛逆性内容",后面的西天取经则将主题"转到人民的征服困难"的理想方面,前后主题发生了转移。并且李希凡还具体分析了产生这一"转化"的原因:一方面是存在决定意识,社会现实使然;另一方面则是源于吴承恩自身"不可解决的思想矛盾",并认为对于古代作家的这种局限性我们绝不可过分地苛责。相比较而言,这种"转化"说比前面所提的"矛盾"说更具有合理性,不过仍有可质疑的地方。

高明阁便在《〈西游记〉里的神魔问题》中指出:"转化"说既不符合神魔之争的描述,更不符合西游故事的演化,"'大闹天宫'与'西天取经'主题不同,作者对神魔的态度也不同,这裂痕是没法弥补得完好的"③。对于西天取经的故事,他认为这是在西游故事演化过程中将"不同主题"的内容捏合在一块的结果,对此我们所能做的是认为"这是前代作家们的无心过失"④。

在此基础上,胡光舟则对"主题转化"说进行了更为积极的修正,提出了"主

---

① 张天翼.《西游记》札记[C]//《西游记》研究论文集.北京:作家出版社,1957:5.
② 沈玉成,李厚基.读《西游记》札记[J].文学遗产,1980(76):27.
③④ 高明阁.《西游记》里的神魔问题[J].文学遗产,1981(2):31.

题统一"说。他同意《西游记》的双重主题,但并不是"转化",而是"统一",他认为大闹天宫的主题是用神话故事形式影射了中国封建社会人民的反抗斗争,歌颂了对封建正统、皇权尊严的反抗和叛逆,所以取经故事的主题应是"反映了中国人民积极进取、克服困难的理想主义精神和摧毁一切邪恶势力及征服大自然的愿望和信心"。① 他的"主题统一"说在承认《西游记》双重主题的同时,认为"大闹天宫重在表现对传统势力的反抗,取经故事则重在表现对理想光明的追求。它们不但没有矛盾,却很好地统一在大闹天宫和西天取经这两个故事所共同具有的正义性之中,统一在孙悟空这个中国人民所热爱的理想主义英雄形象之中"。②

总之,关于《西游记》主题的"矛盾""转化"和"统一"是新中国成立以来《西游记》研究的第一场学术论争,这场论争加深了人们对《西游记》主题的认识,尤其是在新的社会历史条件下,这种认识更具有重大意义;但同时受所处的时代环境的影响,这种认识更打上了特殊的时代痕迹,观点不免有较多的政治附会,并且机械化和简单化。由于过分强调作品的意识形态性,便侵蚀了学术所固有的本性和特性,往往会沦为庸俗社会学的圈子。

二、《西游记》主题向文本回归

20世纪70年代末80年代初,关于《西游记》主题的研究开始挣脱庸俗社会学方法的束缚,打破单一的阶级论主题观,对《西游记》主题的研究则逐渐回归到文学研究的轨道上。这一时期出现了一批学者反驳前面"矛盾""转化"和"统一"的主题观,纷纷提出了许多不同的主题观,见仁见智,不仅拓宽了研究视野,也加深了研究水平。据统计,这一时期关于《西游记》的社会性主题观主要有:朱彤的"歌颂市民"说、朱式平的"安天医国"说、罗东升的"诛奸尚贤"说、朱继琢的"反映人民斗争"说、苗壮的"西天取经主体"说、胡光舟的"歌颂反抗、光明与正义"说、高明阁的"主题裂痕"说。

朱彤的《论孙悟空》一文是新时期《西游记》研究的开端,他开始摆脱庸俗的阶级论主题观,独辟蹊径。该文中,他既不同意"主题矛盾"说和"孙悟空投降"论,也不同意"主题转化"和"主题统一"说,而是结合20世纪七八十年代思想界对中国历史分期和社会形态,以及明清之际资本主义生产关系萌芽的出现,提出了"歌颂市民"说。他认为吴承恩所处的时代"已经出现了资本主义生产关系的萌芽,中国资产阶级前身——新兴的市民社会势力在社会生活中开始崭露头

---

① 胡光舟.对《西游记》主题思想的再认识[J].江汉论坛,1980(1):27.
② 胡光舟.对《西游记》主题思想的再认识[J].江汉论坛,1980(1):37.

角,社会阶级矛盾日趋复杂化。中国社会面临着新旧交替的历史大转变的时期。"①由此,在作品中"吴承恩表现了要求变革的时代精神,反映了新兴市民社会势力的政治思想要求。孙悟空的形象就是新兴市民社会势力的思想政治面貌,在文学上以理想化的浪漫主义形式的表现。"②由此,孙悟空"思想性格中的矛盾,他的命运前后的变化"都可以由该社会形态得到解释。

朱式平在《试论〈西游记〉的思想政治倾向》一文中,从吴承恩所处的社会现实和身世经历出发,认为他对当时的黑暗政治存有不满,但他毕竟是封建阶级的一员,所以他会在孙悟空"闹天"之后加以如来佛的"安天大会"。"在《西游记》中,作者可以本着'施教育贤'的理想,批评、抨击天庭的'甚不用贤',但是作者绝不愿意,也不允许从根本上推翻天廷的统治。因此,在特定情势下作者同情'闹天',而主张'闹天'。但是当这种情势有了根本性质的改变的时候,作者就反对'闹天',而主张'安天'了!"③由此看出,他不赞同《西游记》的"主题矛盾"说、"主题转化"说,认为前七回大闹天宫和后面取经故事主题并无二致,"作者的'安天''医国'思想,贯穿于这两个部分,构成完整的思想体系,连缀着全书的各个章节"。④"安天医国"说是从政治需求出发,所安的"天"是那个时代封建制度之"天",所医的"国"是早已满目疮痍的封建国家。

罗东升在《试论〈西游记〉的思想倾向》一文中,开始便明确不认同《西游记》是反映封建农民的反抗斗争,歌颂农民起义的,认为弄清作品的思想主题要从作品本身入手。该文首先分析吴承恩的生平思想,写出他对封建朝政日坏、奸风日竞的愤懑,以及希望改变这种现状的急切心情,希望黄帝能够逐奸臣、远佞人,希望世上能够"有英雄起来为他'致麟凤',斩妖除邪,使社会'清宁'"。⑤ 孙悟空便成为吴承恩的"模特"。通过对孙悟空形象的分析,罗东升认为,"在吴承恩看来,神通广大,本领高强,善于除妖伏魔、经国宁民的孙悟空,是个理想的贤士,理应受到重用,玉帝昏愦,颠倒是非,以善为恶,藐视下方之物,轻视贤才,扼杀贤才,理应被闹,但孙悟空只配当贤臣,不配为至尊;只能反玉帝轻贤,不能夺玉帝皇位"。⑥ 因此,孙悟空大闹天宫是因为反对轻贤,斩妖除魔是要为君除害,"他实际上就是作者所理想的为之'致麟凤'的一把'斩邪刀',是作者所理想的敢于除奸去邪,善于经国宁民的贤士,这明显地表现了作品诛奸尚贤的思想倾向"。⑦

朱继琢在《也谈〈西游记〉的思想倾向——与罗东升同志商榷》一文则坚持

---

①② 朱彤.论孙悟空[J].安徽师大学报,1978(1):25.
③④ 朱式平.试论《西游记》的思想政治倾向[J].山东师范大学学报,1978(6):19.
⑤ 罗东升.试论《西游记》的思想倾向[J].华南师范大学学报,1979(2):28.
⑥⑦ 罗东升.试论《西游记》的思想倾向[J].华南师范大学学报,1979(2):29.

认为《西游记》是"反映人民斗争"的。他并不认同罗东升将《西游记》的主题思想归结为"诛奸尚贤",反对将孙悟空看作"地主阶级进步知识分子的理想的为君除害的英雄",他认为《西游记》所表现的,不是人民群众的斗争历史,而是人民群众的斗争精神和斗争经验。""孙悟空的精神品质及其所揭示的生活哲理,正是我国劳动人民斗争精神和斗争艺术的概括,深深地凝结着我国人民长期积累的斗争经验和斗争智慧。"[①]他将诛奸的英雄淡化为普通民众斗争精神和经验的代表。

在《从孙悟空看〈西游记〉的思想倾向》一文中,苗壮认为前七回仅仅是个序曲,后面的八十八回才是全书的主要内容。"《西游记》是西游之记,主要记述唐僧师徒四人克服重重险阻西天取经的故事。以西游为线索,着重表现孙悟空的思想性格。前七回尽管有声有色,但不是小说的中心,而只是小说主要人物身世经历的生动介绍,为其取经途中的种种表现提供思想基础。"[②]由此,关于《西游记》前后的主题内容,学术界提出了"西天取经主体"说。

胡光舟在1980年发表文章《对〈西游记〉主题思想的再认识》,对《西游记》主题提出了新的认识和看法,即"歌颂反抗、光明与正义"说。该文章认为"《西游记》有统一的主题,大闹天宫侧重于对传统势力的反抗,取经故事侧重于对理想光明的追求,但二者都表现在正义反对邪恶的斗争中,不仅统一在孙悟空这个中国人民所热爱的理想主义英雄形象身上,还统一在两个故事所共同具有的争议性之中。正是在这个意义上,我们说《西游记》是一部完整和谐的杰作:大闹天宫是孙悟空的'英雄谱';西天取经则是孙悟空的'创业史'。'英雄谱'与'创业史'相互依赖而存在,相得而益彰。"[③]

在20世纪80年代初的《西游记》研究论坛上,还出现了一次全面否定《西游记》的思潮,即所谓的"主题反动"说,一致认为《西游记》的主题是反人民的、反动的。例如,1982年,先后有刘远达的《试论〈西游记〉的思想倾向》(《思想战线》,1982年第1期),傅继俊的《我对〈西游记〉的一些看法》(《文史哲》,1982年第5期),丁黎的《从神魔关系论〈西游记〉的主题思想》(《学术月刊》,1982年第9期)等文,这些文章对《西游记》进行了全面批判,认为其是"破心中贼"的政治小说,是鼓吹投降的"叛徒文学"。上述中心观点集中在刘远达的《试论〈西游记〉的思想倾向》一文中,他认为"《西游记》是艺术化的'心学',是'破心中贼'的政治小说",[④]此文一出便引起了不少文章的强烈批评。20世纪80年代初期,

---

① 朱继琢. 也谈《西游记》的思想倾向:与罗东升同志商榷[J]. 华南师范大学学报,1980(1):31.
② 苗壮. 从孙悟空看《西游记》的思想倾向[J]. 辽宁师范大学学报,1979(1):35.
③ 胡光舟. 对《西游记》主题思想的再认识[J]. 江汉论坛,1980(1):21.
④ 刘远达. 试论《西游记》的思想倾向[J]. 思想战线,1982(1):46.

在新时期《西游记》研究的起始阶段,出现这一类否定性的意见有其历史的必然性。无疑,这种全面、彻底否定《西游记》的看法更多地承袭的是以前的阶级论主题观。

以上这些关于《西游记》的主题观,虽然立场不同,结论不一,但无论是肯定还是否定,均存在着明显局限性:套用现成的文艺理论,或者简单借用其他学科的研究结论,从社会学角度来诠释《西游记》的主题思想,图解作品的政治内涵,带有标签化的缺陷。对于这种局面,何满子最早发表不满意见。他在1982年发表的《把艺术从社会学的框子里解放出来——谈神魔小说〈西游记〉的社会内容》一文中,指出《西游记》主题中"强派角色"的种种弊端,急切呼吁主题研究的突破和深入,希望能引起大家的重视。他认为《西游记》研究不应贴标签、划阶级,因为"也许吴承恩根本无意将孙悟空当作反抗封建统治阶级的代表,孙悟空的改邪归正因此也不意味着阶级战士的屈服投降,也许孙悟空的被降伏象征着邪不胜正的抽象哲理。"[①]

三、《西游记》主题新变

20世纪90年代至今,学者们开始从各个方面对《西游记》的社会性主题进行深入研究,提出许多新的观点,主要集中在以吕晴飞、田同旭为代表的"反映时代思潮"说及以王辉斌、张锦池为代表的"人才观"说。

吕晴飞在1990年发表的文章《〈西游记〉的主题思想》中,结合明朝资本主义萌芽出现,个性意识的觉醒与解放,强调个人的主观能动作用,对孙悟空的形象进行分析,认为孙悟空的大闹天宫"概括了新兴的市民势力反对传统的封建等级的观念和制度,提出了具有早期启蒙色彩的民主平等要求",[②]提出了"反映时代思潮"说,认为"吴承恩的《西游记》完成于明朝中后期资本主义萌芽和个性解放思潮崛起之后,是表现了明显的时代特点的,即新兴的市民阶级追求自由和解放,希望冲破旧的生产关系束缚的斗争渴望,同一切被压迫、被剥削的人民要求从水深火热中解脱出来的迫切心愿结合起来,在驱恶除暴、开辟新路的战斗中,表现了不可抗拒的力量"。[③] 围绕这一主题,该文章从两个方面进行了论述,即"揭示在封建统治下人民的苦难生活"与"讴歌真善美战胜假恶丑的艰苦卓绝的斗争"。[④]

---

① 何满子.《西游记》研究的不协和音[J].西游记研究.南京:江苏古籍出版社,1984:35.
② 吕晴飞.《西游记》的主题思想[J].北京社会科学,1990(4):27.
③ 吕晴飞.《西游记》的主题思想[J].北京社会科学,1990(4):19.
④ 吕晴飞.《西游记》的主题思想[J].北京社会科学,1990(4):20.

田同旭于1994年发表的文章《〈西游记〉是部情理小说——〈西游记〉主题新论》,将孙悟空、猪八戒的情理之争与明朝中后期追求个性解放的心学思潮结合起来,认为《西游记》"第一次把明朝社会新思潮引入小说创作",是一部"以情理斗争为宗旨""反映情理主题的先驱之作"。① 他认为反映情理对立的主要代表是猪八戒、孙悟空、唐僧,"猪八戒是弘扬人欲的凯歌,孙悟空是反理学的斗士,唐僧则反映理学的破产。"② 他将人物的分析放在明朝特有的时代历史背景中,"《西游记》是明中叶以后反理学思潮中的先驱之作"。③

张锦池在《论孙悟空形象的演化与〈西游记〉的主题》一文中,分别探讨了孙悟空的渊源来历、大闹天宫的原因、取经过程中对神佛的态度及取经过程中所起到的巨大作用,由此认为《西游记》的主题是"旨在借经故事以写群魔乱舞的世态,并从而探求着横扫社会妖氛的主人。它否定的是妖魔,揶揄的是神佛,颂扬的是孙悟空的'异端'思想与战斗精神"。④《西游记》的核心问题是"作为社会观之综合而集中反映的人才观"问题。将希望寄托在"具有'童心'的'真人'身上,却又对具有'常心'的'常人'并未完全失去希望,并要求具有'童心'的'真人'能检束自己的身心"。这一点,既"反映了作者在时代精神的召唤下,情不自禁地为新兴市民阶层要求自由平等的思想意识作辩护,为新兴市民阶层的社会力量争地盘,同时也反映了作者在历史惰力的牵制下,不由自主地想把新兴市民阶层的思想意识和社会力量在总体上纳入封建宗法的思想和制度的轨道,与地主阶级的正统派通力合作,扫除一切社会邪恶势力,共建如玉华国式的王道乐土"。⑤

第三节 哲理性主题说诠释

关于《西游记》哲理性的主题,前代文人早已有所论及,著超在《古今小说评林》中就已经说过:《西游记》"近于哲理";梁启超在《告小说家》一文中则直截了当地指出:《西游记》"言哲理";阿阁老人的《说小说》中说得更明确:《西游》者,中国旧小说界中之哲理小说也。⑥

20世纪90年代以后,《西游记》研究开始有意识地打破以往单一的社会性

---

①② 田同旭.《西游记》是部情理小说:《西游记》主题新论[J].山西大学学报,1994(2):27.
③ 田同旭.《西游记》是部情理小说:《西游记》主题新论[J].山西大学学报,1994(2):28.
④ 张锦池.论孙悟空形象的演化与《西游记》的主题[J].学术交流,1987(5):37.
⑤ 张锦池.论孙悟空形象的演化与《西游记》的主题[J].学术交流,1987(5):38.
⑥ 朱一玄,刘毓忱.西游记资料汇编[M].天津:南开大学出版社,2002:369.

主题观,逐渐探寻《西游记》的哲理性内涵,出现了以金紫千、石麟、郭明志等为代表的"心性修炼"说,以孟繁仁、吴圣昔、冷铨清、黄霖、竺洪波等为代表的"人生哲理"说,以余国藩、诸葛志等为代表的"将功赎罪"说。

一、"心性修炼"说

最早对《西游记》哲理性内涵进行深入挖掘的是金紫千等人。他在《也谈〈西游记〉的主题》一文中,批判前代认为《西游记》是宗教小说、政治小说的说法,认为"用政治取代文学,用政治评论代替文学评论,用阶级分析法去分析一切文学作品、文学人物……今天,我们却不应当再犯这样的毛病了"。"文学就是文学,它不是科学论文,更不是政治教科书。"①他赞同鲁迅在《中国小说史略》一书中所提及的"求放心"之喻,认为《西游记》是在通过神话故事形象地说明一个"求放心"的道理,并认为"收放心""求放心"是孔孟儒家修身养性的人格理想。该文通过对孙悟空求道学仙、大闹天宫、西天取经的分析,认为这也是一个人从"追求"到"挫折"再到"成功"的过程,"孙悟空的历史,是一条完整的人生道路,是一部很典型的精神发展史"。②《西游记》形象地写出了孙悟空"收放心"的人生道路,并生动地表现了这条人生哲理。

石麟在《心猿意马的放纵与收束——〈西游记〉主题新探》一文中,认为《西游记》的主题思想和主要人物都蕴含着哲理性,将"心性修炼"与《西游记》主旨和人物相联系:

> "他以'大闹天宫'的故事体现了心猿意马的放纵,又以'西天取经'的故事描写了心猿意马的收束。而'心猿意马'的真实含义却是人心人意,书中所要表达的中心思想乃是人类心灵中的欲念臆想的放纵与收束。作者通过一只天产石猴最终成佛的过程的描写,形象地描绘了他所认为的正常'人心'的运行轨迹图,即赤子之心、机巧之心、放纵之心、收束之心、空灵之心。由'无心'到'有心',又由'有心'到'无心'。而这一认识,正是作者将现实生活理念化之后又形象地还原出一个超现实的艺术世界这一创作过程中的'理念'阶段的结果。"③

郭明志在《西游:厚德载物与自强不息的精神漫游》一文中,认为《西游记》"以孙悟空为主要人物的取经四种形象,以西天之路为主要背景的形象体系,意

---

① 金紫千. 也谈《西游记》的主题[J]. 文史哲,1984(2):40.
② 金紫千. 也谈《西游记》的主题[J]. 文史哲,1984(2):41.
③ 石麟. 心猿意马的放纵:《西游记》主题新探[J]. 湖北师范学院学报,1995(2):37.

在表现人的精神演进过程,表现对心性问题的思考。西游不是写实地之游,而是写人的精神漫游,写厚德载物与自强不息的精神漫游。孙悟空的故事及全书形象体系,寓言般地概括了人的心性修持、人格完善的心路历程。作品回目标题和诗词韵文,提示作品寓意,多层次象喻结构表现作品寓意。宋、金、元时期禅宗、理学的发展,全真教的兴盛及心性学说的发展完善,是孕育这部小说的思想文化背景。《西游记》体现儒、释、道三教合一的思想,主要就在心性修持问题上。"①通过分析孙悟空的形象,认为"孙悟空作为贯穿全书的中心人物,从出世到成为'斗战胜佛'的过程,寓言般地概括了人的精神演进过程,概括了人心性修持,人格完善的心路历程"。"《西游记》体现三教合一的思想,正是在心性修持,人格完善上,即唐僧所说'千经万典,也只是修心'。"②

《西游记》"心性"主题,自《西游记》作品出现,便得到历朝历代人的认同,首先是因为作品从多方面明显地表达了这一思想。比如,在回目中便有很多的"心性修持""心猿归正""外道迷本性,元神助本心""心主夜间修药物",等等。而在诗词中也有讲述"心性"的,比如第七回"八卦炉中逃大圣,五行山下定心猿"中,有诗赞叹孙悟空:"猿猴道体配人心,心即猿猴意思深。大圣齐天非假论,官封弼马是知音。马猿合作心和意,紧缚牢栓莫外寻。万相归真从一理,如来同契住双林。"③其次,儒、释、道思想融合在《西游记》中,而"心性"说则是三教合一的重点或基本点,因而心性修炼也成为贯穿取经全程的重要线索。宋代高僧契嵩便曾说道:"心之谓道,阐道之谓教。教也者,圣人之垂迹也;道也者,众生之大本也。""万物同灵谓之心,圣人所履谓之道。群生也者,一心之所出;圣人也者,一道之所离。心与道岂有二哉。"④而《西游记》则正是用"心性"这一思想贯穿全书,以三家惯用之词,用奇幻的故事演绎炼心历程。佛教的《心经》是作品中经常提到的经典。在第八十五回,孙悟空便解释《心经》说:"佛在灵山莫远求,灵山只在汝心头。人人有个灵山塔,好向灵山塔下修。"⑤这便显示出取经事业的成功不仅仅是取得经书,更重要的是在于修心成圣。其三,运用"心性"说的观点能更好地解决全书前后两大部分的结构统一问题。前七回的大闹天宫和后面的西天取经的统一性问题,曾引出过"主题矛盾"说、"主题转化"说等,而用"心性修炼说的"观点来进行分析,却顺理成章。

---

① 郭明志.西游:厚德载物与自强不息的精神漫游[J].北方论丛,1996(6):28.
② 郭明志.西游:厚德载物与自强不息的精神漫游[J].北方论丛,1996(6):29.
③ 吴圣昔.《西游记》百家汇评本[M].武汉:长江文艺出版社,2007:45.
④ 忽滑骨快天.中国禅学思想史[M].朱谦之,译.上海:上海古籍出版社,1994:435.
⑤ 吴圣昔.《西游记》百家汇评本[M].武汉:长江文艺出版社,2007:644.

二、"人生哲理"说

《西游记》哲理性的诠释还表现在对"人生哲理"的揭示上。作品中所描绘的艰难的取经之路,实际上展示的是每个人的人生之路。孟繁仁、吴圣昔、冷铨清、黄霖、竺洪波等人纷纷著文阐释其对《西游记》的理解。

孟繁仁在《重新认识和评价〈西游记〉》一文中,批判了前代受极"左"思潮影响而提出的"农民起义"说、"孙悟空投降"论、"双重主题"说等。他认为曾经运用"'阶级分析'的方法,对古典文学作品进行分析、评价,结果得出了片面武断的结论"。① 对于这种背离事实的做法,应当吸取深刻教训。该篇文章进而揭示了孟繁仁的观点,即"《西游记》是一部描写孙悟空人生成长、人生斗争历程的英雄传奇"②,是一部人生哲理小说。

吴圣昔在《启示深邃 耐于寻味——论〈西游记〉的哲理性》一文中,认为《西游记》在那诙谐幽默的离奇故事中,"寄寓着作者对于人生哲理的严肃的阐释和富有启示的解答"。③ 文章通过对《西游记》的故事情节、人物形象、艺术表现、审美价值等方面的分析,来诠释《西游记》丰富的哲理性,以及作者对人生的深刻观察。"作者的有关人生哲理的意图,完全融化在形象描绘之中,二者融为一体;读者只能在对艺术形象的欣赏中去体会,才能把握隐喻其中的哲理性内容。""对于这种人生哲理方面的重大课题,作者在形象描绘中注意从多种角度来提出问题,层次不同地反复地加以渲染。"④

冷铨清在《〈西游记〉的主旋律和创作方法》一文中,首先分析了《西游记》主题争论的原因,进而提出取经历程是全书的主体,《西游记》的象征性、哲理性也是从这部分体现出来的,取经的过程实际上是对真理和理想追求的过程。"《西游记》是以宗教为题材的神话小说,用佛经作为佛教徒追求的目标是极为自然的。在这里,宗教的理想象征着世俗的理想,对宗教理想的追求象征着对世俗理想的追求。"⑤孙悟空的求仙学道、大闹天宫、西天取经,所暗示出的是一种人生哲理,冷铨清还从成书原因、创作方法、反映社会生活等方面,分析认为《西游记》"用象征方法,通过神话形式谱写的一曲人生之歌,表现成大事业者追求真

---

① 孟繁仁.重新认识和评价《西游记》[C]//梅新林,崔小敬.20世纪《西游记》研究.武汉:文化艺术出版社,2008:405.
② 孟繁仁.重新认识和评价《西游记》[J].光明日报.1984-11-20.
③ 吴圣昔.启示深邃 耐于寻味:论《西游记》的哲理性[J].明清小说研究,1985(2):34.
④ 吴圣昔.启示深邃 耐于寻味:论《西游记》的哲理性[J].明清小说研究,1985(2):25.
⑤ 冷铨清.《西游记》的主旋律和创作方法[J].求是学刊,1987(3):21.

理的进取精神及其成功的道路"。①

黄霖在《关于〈西游记〉的作者和主要精神》一文中指出,对前人关于《西游记》"游戏之中暗传密谛"的哲理性说法应当给以肯定,这种哲理性是深受"被明朝个性思潮冲击、改造过了的心学",也就是说作者吴承恩"主观上想通过塑造孙悟空的形象来宣扬'明心见性',维护封建社会的正常秩序",但实际上由于心学本身在发展中蕴含着张扬个性和道德完善的不同倾向,而其"又和西游故事在长期流传过程中积淀的广大人民群众的意志相结合",所以在《西游记》的具体描写中,"表现的精神明显地向着肯定自我价值和追求人性完善倾斜",孙悟空这一恣意"放肆"的"大圣",终于成为一个"饱含着作者的理想和时代精神"、"有个性、有理想、有能力的人性美的象征"。② 后来,黄霖又在《对于自我价值和人性美的追求》一文中,进一步强化了这一主题观,并明确对其表述:"《西游记》的主要特征和主要精神,就是在游戏之中反映了明朝中后期社会对于自我价值和人性美的肯定和追求的思潮。"③

竺洪波则致力于《西游记》研究,发表或出版了一系列关于《西游记》的论文及著述。他在《自由:〈西游记〉主题新说》一论文中,通过对孙悟空形象和故事情节的分析,认为"《西游记》是一部表现中国古代人民追求自由的文明理想的作品,哲理和审美意义上的自由(和谐)即是作品的主题"。④ 他认为唐僧取经的漫漫历程,所遇到的种种磨难,"正是人类追求自由理想之漫长、曲折历史的象征。人类要达到理想的境界,必须扫除种种困难和险阻,上下求索,而且唯其如此来之不易,自由才对人类来说更显宝贵,弥足珍贵。这便是蕴含在全部取经过程中的深刻意义。"⑤

《西游记》的"人生哲理"性主题具有广泛的社会意义。张书绅曾在《新说西游记总批》中说:"予今批《西游记》一百回,亦一言以蔽之,曰'只是教人诚心为学,不要退悔'此其大略也。"⑥由此可见,《西游记》自一出现,人们便注意到了其对"人生哲理"的揭示。我们会认为凡成就大事业者,在漫长的人生过程中总是要经历曲折,要经历肉体上、精神上的种种磨难,方能成功。同样,《西游记》中的小故事也同样蕴含有深刻的哲理,比如孙悟空被压在五行山下、受紧箍咒的束缚,说明即便是本领高强的孙悟空也要受到客观环境、客观世界的制约和束

---

① 冷铨清.《西游记》的主旋律和创作方法[J].求是学刊,1987(3):23.
② 黄霖.关于《西游记》的作者和主要精神[J].复旦学报,1998(2):19.
③ 黄霖.关于《西游记》的作者和主要精神[J].复旦学报,1998(2):20.
④ 竺洪波.自由:《西游记》主题新说[J].上海大学学报,1996(2):27.
⑤ 竺洪波.自由:《西游记》主题新说[J].上海大学学报,1996(2):28.
⑥ 朱一玄,刘毓忱.西游记资料汇编[M].天津:南开大学出版社,2002:322.

缚。而"真假美猴王"一节则说明我们要善于在反复的实践中分辨事物的真假。这种"人生哲理"的揭示对于胸怀有"取经"目的的人均具有普遍的教育与启发意义。

三、"将功赎罪"说

早在20世纪70年代，余国藩就在《英雄诗——〈西游记〉的另一个观察》一文中便首次提出了"将功赎罪"说。该文列举了大量的故事情节，以说明小说的"基本素材正是建立在受到承认的宗教人物[①]的个人故事和经历之上的"，[②]而且通过唐僧师徒四人的基本观念和不同经历，发现其中更为深刻的佛教教义。譬如，玄奘前世是只金蝉，因"无心听佛讲"，而被贬至人间，做化缘和尚，吃斋受苦，还要让他经历八十一难的折磨。孙悟空、猪八戒、沙和尚、白龙马也都是这类将功赎罪的人物。或者说通过他们的故事表达了佛教中善恶的报应观与赎罪说。而将"将功赎罪"说发扬宏大的则是诸葛志。

诸葛志在20世纪90年代以后先后发表论文《〈西游记〉主题思想新论》《〈西游记〉主题思想新论续篇》等，在文章中反复论述了"将功赎罪"说，并加以完善发展。诸葛志指出："《西游记》的主题，如果可以用一句话来概括，那就是：它是一部描写'将功赎罪'悲剧的小说。"[③]具体而言，唐僧为不听如来说法的罪过赎罪，孙悟空为大闹天宫的弥天大罪赎罪，猪八戒为调戏嫦娥的流氓行径赎罪，沙和尚为在蟠桃大会上失手打破琉璃盏的罪过赎罪，白龙马为纵火烧了西海龙宫的一颗夜明珠的罪过赎罪。由此，诸葛志将《西游记》的内容概括为："在这个神话世界里，《西游记》的作者吴承恩用唐僧五圣各自的罪过开场，以克服神佛妖魔所设下的种种凶难作赎罪的代价，通过五圣'犯罪—赎罪—上西天'的苦难历程，表现出东土大唐人士作恶犯罪的方方面面和人们一旦有了罪恶感就自强不息地执著于赎罪的被动入世精神。"[④]他声称："我们只要抓住这个由五条经线贯穿的主题，《西游记》的故事分析起来就可以头头是道，而数百年来学人众说纷纭的这桩公案，大概可以大白于天下。"[⑤]

"将功赎罪"说在一定程度上是有一定意义的，西天取经的历程确实是唐僧师徒"将功赎罪"的苦难史。佛教讲究因果报应、生死轮回、因缘和合。积德行善、将功补过是佛教为"普度众生"而指引的正道。而说唐僧师徒"将功赎罪"正

[①] 这里的宗教人物主要是指佛教人物。
[②] 余国藩. 英雄诗：西游记的另一个观察[N]. 中国时报，1973-12-13.
[③][④] 诸葛志.《西游记》主题思想新论[J]. 浙江师大学报，1991(2)：27.
[⑤] 诸葛志.《西游记》主题思想新论[J]. 浙江师大学报，1991(2)：28.

体现了这一佛教教义,这也是小说所蕴含的重要思想内涵。特别是"将功赎罪"这一说法可以补充《西游记》"主题矛盾""主题转化""主题统一"说,即用"将功赎罪"说审视小说的前七回的大闹天宫和后面的西天取经,就会认识到从"有罪"到"赎罪"、再到"功德圆满"的情节结构的安排,明显地表现出这两则故事之间前因后果,是一个有机的统一体。但"将功赎罪"说并不能涵盖《西游记》主题思想的全部,因为《西游记》同时还表现有其他重要的思想内容。

第四节 21世纪《西游记》诠释

21世纪对《西游记》研究主要是回顾与转型。回顾主要是总结以往的研究成果,出现了许多关于《西游记》研究史的梳理。比如,主要论文有梅新林、崔小敬的《〈西游记〉百年研究:回视与超越》(《文艺理论与批评》,2002年第2期)、陈金枝的《九十年代〈西游记〉研究综述》(《运城高等专科学校学报》,2000年第2期),竺洪波的《新时期〈西游记〉研究述评》(《人文论丛》,2004年)等;主要著作有竺洪波的《四百年〈西游记〉学术史》《西游释考录》《〈西游记〉学术档案》等。可见,400余年间关于《西游记》研究主要集中在作者、成书(版本)、文本、传播四个方面,并已经取得丰硕的研究成果。随着社会思潮的演变,不同时代的解读者赋予了《西游记》不同的解读观点。21世纪,科技发展、全球共融,《西游记》的解读如何走向?传统的学术研究如何转向?这些成为摆在《西游记》研究者们面前的一个需要迫切解决的问题。

社会主义新时代,西游文化如何符合时代特点、融入新时代,服务新时代,成为西游文化研究界普遍关注的问题。2014年,习近平总书记在文艺工作座谈会上指出要实现中华文化的创造性转化和创新性发展。所谓"创造性转化,就是要按照时代特点和要求,对那些至今仍有借鉴价值的内涵和陈旧的表现形式加以改造,赋予其新的时代内涵和现代表达形式,激活其生命力;创新性发展,就是要按照时代的新进步新进展,对中华优秀传统文化的内涵加以补充、拓展、完善,增强其影响力和感召力。"因此,对西游文化进行符合时代特点的创造性转化与创新性发展成为新的研究领域。

"一带一路"倡议的提出为《西游记》研究提供了新的契机,打开了新的思路。2013年,国家主席习近平提出"一带一路"倡议。所谓"一带一路",是"丝绸之路经济带"和"21世纪海上丝绸之路"的简称,主要是"依靠中国与有关国家既有的双多边机制,借助既有的、行之有效的区域合作平台,'一带一路'旨在借用古代丝绸之路的历史符号,高举和平发展的旗帜,积极发展与共建国家的经济合作伙伴关系,共同打造政治互信、经济融合、文化包容的利益共同体、命运共同体和责任共同体。"①《西游记》来源于真实的历史事实——玄奘取经,据研究者探究发现,玄奘取经的路线与古代丝绸之路高度重合,故"一带一路"倡议的提出为《西游记》提供了特有的时代契机。《西游记》受到了国家领导人的重视。国家主席习近平多次在重要场合、国际论坛讲述中国古典名著《西游记》,介绍玄奘的"西域"之旅,高度赞誉中国古典名著《西游记》为"伟大的中国故事",认为玄奘与马克·波罗一样是"推动世界文明进程的文化伟人"。② 2014 年 3 月 27 日,国家主席习近平在联合国教科文组织总部发表演讲时,指出了丝绸之路与佛教的关系,"佛教产生于古代印度,但传入中国后,经过长期演化,佛教同中国儒家文化和道家文化融合发展,最终形成了具有中国特色的佛教文化,给中国人的宗教信仰、哲学观念、文学艺术、礼仪习俗等留下了深刻影响。中国唐代玄奘西行取经,历尽磨难,体现的是中国人学习域外文化的坚韧精神。根据他的故事演绎的神话小说《西游记》,我想大家都知道。中国人根据中华文化发展了佛教思想,形成了独特的佛教理论,而且使佛教从中国传播到了日本、韩国、东南亚等地"。③ 由此,国内外《西游记》研究论坛对习近平主席的这一论述引起了强烈关注,"《西游记》由此成为世界认识中国的一扇文学之窗,一座中国传统文化光彩耀眼的新标杆"。④ 2017 年 1 月,《文化部"一带一路"文化发展行动计划(2016—2020 年)》正式公布,重点任务是健全"'一带一路'文化交流合作机制,完善'一带一路'文化交流合作平台,打造'一带一路'文化交流品牌,推动'一带一路'文化产业繁荣发展"。⑤ 这些均为 21 世纪社会主义新时代的《西游记》文化的发展提供了新的契机,注入了新的动力。

  在新时代新背景下,展开西游文化研究,既是文学研究界对顶层决策——"一带一路"倡议的现实响应,又是传统文学研究自身的全新拓展与革新。2017 年 8 月,由中国西游记文化研究会和连云港政府联合主办的西游记文化产业建设圆桌会议在北京召开,此次会议联合发起成立了"'一带一路'西游记文化产业联盟"。此联盟主要是"积极响应'文化强国'和共建'一带一路'国家战略的重要举措……努力团结和组织全球有志或有意于西游记文化建设的各界人士、机构、企业,推动西游记文化国际化、健康化、产业化发展,构建融合西游记与

---

① 陈积敏. 正确认识"一带一路"[N]. 人民日报,2018-02-26.
②③ 习近平在联合国教科文组织总部的演讲[EB/OL]. (2019-04-30). http://news. cyol. com/xwzt/2019-04/30/content_18005876. htm.
④ 竺洪波. 西游学十二讲[M]. 北京:高等教育出版社,2018:7.
⑤ 文化部"一带一路"文化发展行动计划(2016—2020 年)[EB/OL]. (2017-01-13). http://news. china. com. cn/2017-01/13/content_40097927_3. htm.

'一带一路'、非遗保护、文化研究、文创艺术、西游文旅、主题娱乐、影视游戏'的西游记文化全产业链发展平台"。① 2019年11月30日,由华东师范大学中文系与复旦大学语言文字研究所合作主办的"2019《西游记》高端论坛"在华东师范大学举行。此次"高端论坛以'一带一路'背景下《西游记》学术研究的转型为主题,内容涉及'大西游文化'建设、'西游学'的建构、文本阐述、续书研究、学术经典的普及与传播研究以及研究方法转型"。② 此次论坛"以新的视角审视既往《西游记》学术研究"③,为传统的西游记研究开拓了新的思路。2022年12月,西游记文化研究会在北京举行"全国《西游记》学术研讨会",关于《西游记》研究不断深入,积极弘扬《西游记》所蕴含的中华民族优秀的文化精神,坚定文化自信,发挥优秀的传统文化在当代社会生活中的积极作用。

21世纪以来,适应时代要求,关于《西游记》研究更倾向于普及和应用,以此服务大众。主要表现在影视改编、文旅产业、儿童读物三个方面。

在影视改编方面,《西游记》影视改编在21世纪进入一个新阶段,频频出现想象奇异、表现方式特别的作品。例如,电视剧方面,范小天执导的《春光灿烂猪八戒》及其续集《福星高照猪八戒》等,这些作品借助《西游记》之壳,表达的是现代生活之思,也有无厘头、搞笑的成分,形成了一种新的传播局面,从另一角度折射出《西游记》的魅力。电影方面,有2013年《西游降魔篇》、2014年《西游记之大闹天宫》、2016年《西游记之三打白骨精》、2017年《西游伏妖篇》和《大闹天竺》以及2018年的《西游记之女儿国》等。纵观21世纪以来的这些《西游记》影视改编作品可以看出,很多影视制作者存在过于取悦观众、吸引眼球的现象,在改编时无原则地篡改,过于脱离原著的主旨,产生庸俗化、媚俗化倾向,比如一系列的"戏说""大话"以及恶搞、歪曲等。这种随意解构、肢解名著的做法,不仅缺乏有价值、有体系的建构,而且对名著的传播也是有害无益的。

在文旅产业方面,西游文化与丝路文化相结合,西游文旅产业强势崛起,如火如荼地发展。中国西游记文化研究会发起的"西游丝路文旅时空信息走廊"项目,意在串联起丝路沿线与西游相关的景点,在弘扬西游文化的同时,也建立起西游城市品牌、西游文创产品,促进当地经济发展,达到互利共赢目的。比如连云港5A级花果山风景区、淮安4A级吴承恩纪念馆景区和大型"西游记乐园"取得了举世瞩目的成绩,并且形成了可资借鉴、推广和复制的开发模式。新疆吐鲁番"火焰山"景区成为吐鲁番旅游的金字招牌,形成以火焰山景区为龙

---

① 王丽娜. "一带一路西游记文化产业联盟"在北京成立[EB/OL]. (2017-08-28). https://www.sohu.com/a/167779937_594430.
②③ 姜娜,徐月军. 承旧开新:"一带一路"背景下《西游记》学术研究的转型[J]. 江苏海洋大学学报,2020(1):28.

头,整合女儿国、流沙河、车迟国、高昌故城、通天河等《西游记》文化景点,构建规模宏大、景观完整的现代化《西游记》旅游业态。

在儿童读物方面,目前关于《西游记》的儿童读物数不胜数,基本可以分为以下四种类型:一是连环画、漫画、绘本类作品;二是缩写本、改编本;三是阐释解读生发类的作品;四是延展衍生类作品。比如,长江少年儿童出版社的《西游记幼儿美绘本》、中国人民大学出版社的《新版美绘西游记》、人民美术出版社的绘本《西游记》故事、钱儿爸的《超级西游记》和《凯叔西游记》等。李天飞编著的《为孩子解读〈西游记〉》具有较高的趣味性,书里列举了儿童视角关注的25个问题,如"为什么孙悟空会筋斗云,却不能背着唐僧飞到西天""孙悟空打仗的时候为什么不用定身法或隐身术""西游记里到底谁最厉害"等。该书围绕儿童感兴趣的问题,用儿童可以接受的语言阐释和解读《西游记》。爱华文编著改写的《少年品读西游记》也是用儿童文学的笔法讲述故事,语言文字口语化,通俗风趣。

新时期,《西游记》作为中国传统文化中最具代表性的主题载体,有着丰富并且强大的 IP 资源,通过 IP 资源的市场转换,以影视改编、文旅产业、文创产品为载体,在传播弘扬西游记文化的同时,满足市场需求以达到互利共赢的目标。

第五节 当代诠释评论

新中国成立以后,尤其在改革开放后,随着新思想的涌入和学术活动的繁荣,《西游记》研究也从初期的朦胧,到20世纪80年代的发端,以至20世纪90年代的多元化、全方位,21世纪的普及应用。这期间各种观点蜂拥而起,社会性的主题诠释、哲理性的主题诠释等各领风骚,取得了显著的成绩,有力地推动了当代《西游记》研究的进程与发展。

可是成绩与困难并存,存在的问题与不足之处亦是颇多。其中最重要的一点便是:如此多的主题观点前赴后继,交相辉映,你方唱罢我登场,始终没有出现一个具有统率性、针对性和宏观性的主题观,以便能够真正涵盖、贯穿《西游记》整体。当代《西游记》研究涌现出的大量的零碎主题观,各方偏执一词,难以统一,如从早期的"歌颂市民""诛奸尚贤""安天医国""人生哲理""心性修炼"诸说,到后来的"将功赎罪""反映时代思潮""人才观""心路历程"等,各种主题观,莫衷一是,走马观花,恰如烟花经过短暂的绚烂后便消亡。由于一个新的主题观的出现,对《西游记》主题研究仅仅是量的递增,并没有带来质的提升,因此一种主题观往往在流行一段时间之后便偃旗息鼓、归于平静。

鉴于以上问题和不足,我们有必要进行反思:一方面,任何社会环境、时代思潮的变迁都会导致人们认识水平的变化、方法论的更新等,对同一作品的认识都可能会催生出新的、各种各样的主题观点。《西游记》本身就是一部内容丰富、思想深奥、意蕴深远的作品,研究者们从一些小侧面、小角度观察,亦可得出一种不同的、新的观点。所以,新时期《西游记》研究评论观点繁多,是正常现象,是符合文学艺术批评规律的。另一方面,作品的主题,即作品的中心思想是蕴含在丰富的语言和具体的形象中的,并不是一目了然,能容易抽象概括出来的。《西游记》思想深奥,探求出一个宏观性的、统一的主题观绝非易事。而众说纷纭,观点不一的现象,则正体现了《西游记》思想深奥的特性。如此众多的主题观固然是量的递增,但也是我们揭示《西游记》统一主题的一个必经阶段,量的累积实际上已经在酝酿着质的飞跃。《西游记》的主题不断吸引着研究者们进行新的探索和钻研,直至最终揭示它的思想本质。

第五章 唐僧形象诠释

第一节 唐僧形象的演化

唐僧形象的演变,经历了一个由传记《大唐大慈恩寺三藏法师传》到宋元的《大唐三藏取经诗话》《西游记平话》《西游记杂剧》,再到小说《西游记》的历史发展过程。

一、从本事到《大唐三藏取经诗话》

《大唐大慈恩寺三藏法师传》中记载:

> 法师讳玄奘,俗姓陈,陈留人也。汉太丘长仲弓之后,曾祖钦后魏上党太守,祖康以学优仕齐,任国子博士,食邑周南。子孙因家。又为缑氏人也。父慧英洁有雅操早通经术。形长八尺。美眉明目。褒衣博带好儒者之容。时人方之郭有道。性恬简无务荣进。加属隋政衰微。遂潜心坟典。州郡频贡孝廉及司隶辟命。并辞疾不就。识者嘉焉。有四男。法师即第四子也。幼而珪璋特达聪悟不群。年八岁父坐于几侧口授孝经。至曾子避席。忽整襟而起问其故。对曰。曾子闻师命避席。玄奘今奉慈训。岂宜安坐。父甚悦知其必成。召宗人语之。皆贺曰。此公之扬焉也。其早慧如此。自后备通经奥。而爱古尚贤。非雅正之籍不观。非圣哲之风不习。不交童幼之党。无涉阛阓之门。虽钟鼓嘈囋于通衢。百戏叫歌于闾巷。士女云萃其未尝出也。又少知色养温清淳谨。其第二兄长捷先出家。住东都净土寺。察法师堪传法教。因将诣道场诵习经业。俄而有敕。于洛阳度二七僧。时业优者数百。法师以幼少不预取限。立于公门之侧。

时使人大理卿郑善果有知士之鉴。见而奇之。问曰。子为谁家。答以氏族。又问。求度耶。答曰。然。但以习近业微不蒙比预。又问。出家意何所为。答意欲远绍如来。近光遗法。果深嘉其志。又贤其器貌。故特而取之。因谓官僚曰。诵业易成风骨难得。若度此子必为释门伟器。[①]

  这段《三藏法师传》记录了玄奘从13岁时便出家为僧,此后他认真学习、刻苦钻研佛教教义和经典,逐渐悟彻了佛教道理。青年时期,玄奘又周游全国,遍访高僧,钻研佛学,成为当时唐代全国著名的高僧。可是随着知识的积累,玄奘逐渐了解到佛教教义、道理的高深和自己知识的不足,也发现佛经译本在国内的缺乏,并且错误很多。于是,玄奘决心学习梵文,准备到天竺求法。

  《西游记》中所描写的玄奘,被视为御弟,大唐皇帝亲自为之举行盛大的欢送仪式送之取经。可是史书上所记载的玄奘出国取经却是极其艰难的。在唐代,要出国的人,都首先必须得经过唐朝政府的批准。而玄奘的出国是私自逃离,他利用关中闹荒灾的机会,偷偷离开长安。他穿过了秦州、兰州、凉州,准备从凉州出国界,在此地待了一个多月,才在他人的帮助下出了边境,到达安西。在安西,他认识了西域人石槃陀,并请他当向导;安西的老人又送给他一匹识途的老马。其后,玄奘出安西,过玉门关,进入大沙漠。其间,他与向导失散,一人前行。在沙漠中,他遇上了严重的干旱,长时间未喝一滴水,甚至晕倒在沙漠中,之后又被凉风吹醒,继续前行。后来他陆续经过众多国家,终于到达天竺(今印度)。从出国到到达天竺,玄奘总共用了一年的时间。

  玄奘在印度学习佛教典籍、研习佛经道理10余年,走遍了当时印度周围的许多国家。在国外学习佛经18年的玄奘终于在贞观二十年(公元646年)正月二十四日回到他的祖国。当时,唐太宗为之在长安举行了盛大的欢迎大会。后来,玄奘便逐渐开始了他的译经和写作工作。

  玄奘西天取经的事迹从根本上体现了人类对理想的执著追求,以及在此过程中应具有的坚定信念、顽强毅力和克服困难的能力。对于常人而言,玄奘所具有的信念、毅力和能力却不是常人所具有的,玄奘的成功使常人感到由衷的钦佩。这种精神感染的力量完全超越了玄奘事迹本身,从而使玄奘取经的事迹具备了成为文学表现对象的价值。

  从文学作品创作的角度来看,玄奘取经事迹既具有宗教色彩,也具有传奇性,这就为文学创作展开了充分的空间。神秘的宗教、新奇的异域,一直都是酝酿小说创作的最肥沃的土壤。玄奘的《大唐西域记》便记载了许多印度的宗教传说。这些宗教传说成为后来文学创作的重要素材。

---

① 慧立,彦悰.大唐大慈恩寺三藏法师传[M].北京:中华书局,1983:1.

到宋元时期,《取经诗话》一书便系统、详细地讲述玄奘西天取经的故事。在《取经诗话》中,开始逐渐虚构故事,将自然力量的阻碍变为妖魔鬼怪的阻碍,取经的成功归功于神佛的帮助,故事情节逐渐脱离历史真实,逐渐神话化、文学化,开始了全新的文学再创作。

二、从《取经诗话》到《西游记平话》《西游记杂剧》

在唐僧形象的演变过程中,《西游记平话》和《西游记杂剧》也起到了非常重要的作用。《西游记平话》和《西游记杂剧》更清楚地展现了取经故事被神话化的演化过程。

"猴行者"的角色在《取经诗话》中第一次出现。在这里孙悟空的形象并不完整,仅仅是唐僧取经的"向导"而已,处于配角的地位。他的主要作用是帮助唐僧向"大梵天王"求救,从而得到神佛的力量。《取经诗话》中,取经成功最根本的原因是唐僧高尚的德行,在这里猴行者的意义和作用并不大。

《西游记平话》和《西游记杂剧》的出现,则开始逐渐减少了取经过程中的传奇色彩,让唐僧师徒遭受更多的困难,成为解决困难的主体,从而起到了强化冲突的艺术效果,并且增加了孙行者的活动和出现机会。在《西游记平话》和《西游记杂剧》中,取经事业已经成为取经四人自觉的行为,并非外界强加。《西游记平话》和《西游记杂剧》对于孙行者形象的描绘,开始增强他的个性和作用,并且使唐僧的性格和行为逐渐变为平庸无能。经过一系列的改造,取经故事主角开始逐渐变成了孙行者,而唐僧则逐渐向配角地位转化。

三、从《西游记平话》《西游记杂剧》到小说《西游记》

吴承恩的《西游记》在很大程度上完善和发展了《西游记平话》《西游记杂剧》中初步形成的人物结构关系,并丰富了取经故事的内容,从而成为一部巨著。小说《西游记》开始关注故事的主要矛盾冲突及其合理的逻辑关系。并且,小说《西游记》对人物关系进行重新的设计,分别调整了孙悟空、猪八戒、沙僧与唐僧的关系,使唐僧成为取经故事的结构核心,孙悟空成为整个取经途中最主要的主角。

小说《西游记》继续沿袭了《西游记平话》《西游记杂剧》中已有的师徒关系,并且使之稳固和加强。在《西游记杂剧》中,描写猪八戒、沙僧加入取经队伍最主要的原因是斗争失败,受制于人。但是在小说《西游记》中,猪八戒和沙僧加入取经队伍则成为一种自觉的行为,只有陪唐僧去西天取经才能终成正果。自觉的行为自然加强了取经队伍的凝聚力,这支队伍可以共同克服任何困难。然而,师徒四人的性格差异,则将漫长枯燥的取经过程演绎得丰富而生动。

小说《西游记》塑造了师徒四人不同的性格特征。对于唐僧,首先描写了他所具有的对理想执着追求的信念。其次,在描写唐僧先天秉性善良的同时,也写出了唐僧性格的缺点,即愚蠢迂腐、不明是非。而唐僧的愚蠢迂腐、不明是非恰恰构成了他与嫉恶如仇的孙悟空之间的矛盾冲突,并贯穿于取经故事的各个细节之中,成为西游故事不可或缺的一部分。

第二节 关于唐僧形象的观点

唐僧是小说《西游记》中的重要人物,可是和孙悟空、猪八戒相比,对于唐僧的研究逊色得多。在《西游记》研究著作中,孙悟空、猪八戒都有专章研究,可对唐僧的研究相对较少。原因之一可能是他的单一性,与其三个徒弟相比,唐僧既没有孙悟空的通天本领,也没有猪八戒的滑稽可笑,更没有沙僧的通情达理,很容易受到读者和研究者的忽视。至今,研究者对唐僧的观点较少,主要有否定大于肯定和佛表儒里的古代知识分子典型两方面。

研究者们对唐僧的批评大于对他的肯定。唐僧恪守宗教信条和封建礼教,迂腐顽固、胆小懦弱、是非不分、善恶不辨,但却对取经事业有着无比坚定的信念,经历千难万险也不动摇、不退缩。唐僧是取经队伍中的精神领袖,但在作品的描写中,他并不是真正的主人公,仅仅是个陪衬人物,不是受到歌颂的人物,而是一个被讽刺嘲笑的对象。研究者们对他有肯定也有批评,批评多于肯定。胡光舟在《吴承恩和西游记》中说:"他(唐僧)懦弱无能,胆小如鼠,听信谗言,是非不分,自私可鄙,优柔寡断,昏庸糊涂,几乎是屡教(教训)不改。在取经集团中,他既不是精神力量,也不是实际的战斗者,竟是一个百分之一百的累赘。至于他在取经事业中的作用,说得不客气些,应当是个负数。他的眼泪多于行动,没有白龙马就寸步难行,没有孙悟空将万劫不复。如果一定要说唐僧也有作用,那么,他的作用是一个傀儡、一尊偶像、一块招牌。只因他是如来的犯错误的大弟子金蝉子转世,要靠他这块招牌才能取到经。正如沙和尚所说,世上只有唐僧取经,'自来没有个孙悟空取经之说'。"[①]对于这种否定性的观点,我们认为它仅仅是从作品故事情节出发,得到的表面性结论,并没有深入挖掘唐僧形象的潜在的文化内涵。随着研究的深入,研究者们也开始探讨唐僧形象的内涵,认为唐僧是佛表儒里的中国古代知识分子的典型。

---

① 胡光舟.吴承恩和西游记[M].上海:上海古籍出版社,1980:77.

吴承恩的《西游记》中唐僧形象的塑造,更多的是受到宋明理学的影响。所以唐僧在《西游记》中首先是一位虔诚的佛教徒。他是取经队伍的领导者,并拥有专业的佛经知识。他本是金蝉子转世,只因"不听佛祖谈经,贬下灵山"。他之所以被观音选为取经人,就在于他"根源又好,德行又高,千经万典,无所不通,佛号仙音,无般不会"。① 由此可见,唐僧的佛学造诣达到非常高的水平。如果没有唐僧,西天取经根本不可能实现。沙僧就曾对假孙悟空说:"兄若不得唐僧去,那个佛祖肯传经与你!"②另外,唐僧对西天取经持有着坚定的信念,具有不达目的誓不罢休的殉道精神。唐僧明知道路途艰难凶险,仍然不顾一切,勇往直前;取经途中多次被妖魔抓走、捆绑、吊打,甚至要被吃掉,他都毫无退缩之意。唐僧不慕荣华富贵,善良并且富有同情心。这些都体现了唐僧是一虔诚的佛教徒。当然,唐僧也有不少缺点,如懦弱无能、胆小怕事、是非不分、人妖不辨、盲目慈悲、固执己见等。综上所述,笔者认为唐僧是矛盾的,他是思想上的巨人,行动上的矮子,既有崇高的精神境界,又缺乏解决实际问题能力,是性格孱弱之人,而这些恰与中国封建时代知识分子的特征相吻合。

所以,曹炳建在《"醇儒"人格的反思与批判——唐僧论》一文中,认为"作为佛教徒的唐僧,更多地带有封建时代儒生的气质"。③ 其一,唐僧去西天取经的首要目的,是为了唐王朝的"江山永固",佛教本身的目的则为其次,所以"唐僧具有浓厚的忠君思想和顽强不屈的入世精神。"④其次,"唐僧坚定的取经信念,也表现为知识分子强烈的殉道精神。儒家思想的重要内容之一就是,自强不息的精神和对人生气节的推崇"。⑤ 其三,"唐僧不少处世原则,常常是儒家的。他虽然也时常以佛理教导人,但更多时候,他口口声声讲的却是儒家的道德伦理教条"。⑥ 其四,"唐僧的怯弱无能、胆小怕事与儒家特别是程朱理学的'醇儒'式的人格理想有着重要的关系……道德修养的超前与实际才能的滞后就形成一种恶性循环,使人们逐渐丧失了对自然、对社会的战斗能力,由刚健自信走向了孱弱自卑,怯于反抗,怯于冒险。唐僧身上的弱点,正和这些知识分子如出一辙"。⑦ 通过唐僧身上所表现出的这四点,曹炳建由此而认为"唐僧实际上是封建知识分子和虔诚佛教徒的复合体——面目是佛教徒,而骨子却是儒家的"。⑧

李伟实在《唐僧形象分析》一文中,认为唐僧身上既具备了英雄人物的某些品格,又存在着佛教的痴呆气和儒家弟子的迂腐气。他的性格矛盾,反映了吴

---

① 吴圣昔.《西游记》百家汇评本[M].武汉:长江文艺出版社,2007:87.
② 吴圣昔.《西游记》百家汇评本[M].武汉:长江文艺出版社,2007:432.
③④⑤⑥ 曹炳建."醇儒"人格的反思与批判:唐僧论[J].中州学刊,1999(4):23.
⑦ 曹炳建."醇儒"人格的反思与批判:唐僧论[J].中州学刊,1999(4):24.
⑧ 曹炳建."醇儒"人格的反思与批判:唐僧论[J].中州学刊,1999(4):25.

承恩对佛教信仰的心理矛盾。"在唐僧身上既有佛教徒的痴呆气,盲目迷信,恪守清规戒律;又有儒家弟子的迂腐气,信守教条,缺乏解决实际问题的能力,尤其是不能透过现象看本质。"①"这个形象明显地反映了吴承恩追求理想的内心矛盾:一方面,吴承恩在唐僧身上寄托了美好的理想,向往通过求取真经,弘扬佛法,劝人弃恶从善,以求国家昌盛,万民幸福。另一方面,唐僧身上的弱点也反映了吴承恩对佛经佛法的威力缺乏信心。"②

另外,也有学者运用将宋明理学与明朝盛行的心学、佛学结合起来,将唐僧西天取经的故事心学化,认为他历经的九九八十一难,实质上是唐僧战胜心魔的心理过程。虽然具有理论知识,会谈禅讲经,可是一旦遇到困难,便会人妖莫辨,懦弱无能,而他对自己心中的信念却是相当的坚定。"吴承恩塑造的唐僧形象,集我国封建儒士的温文尔雅、迂阔不经和佛教徒的虔诚慈善、笃志苦行于一身,是我国封建时代深受儒家文化熏陶又为佛教文化所沉醉的一些知识分子的典型。"③

"唐僧是佛表儒里的古代知识分子典型"这一观点,是发人深省的,让我们看到了否定性之外的不一样的唐僧形象。唐僧作为虔诚的佛教徒,他的思想观念、言行举止却是以儒家知识分子的标准来衡量的,他的一言一行多带有封建时代知识分子的迂腐性。但研究者们并未对他进行完全否定,而是扬弃,希望他能通过取经的艰辛而抛弃迂腐和软弱,成为真正意义上的"新人"。

---

① 李伟实.唐僧形象简析[J].零陵师专学报,1988(1):17.
② 李伟实.唐僧形象简析[J].零陵师专学报,1988(1):18.
③ 侯健.西游记导读[M].石家庄:河北少年儿童出版社,1990:95.

第六章　孙悟空形象诠释

在《西游记》取经四种角色中，孙悟空起到的作用是最重要的。研究者们往往将《西游记》的主题探讨与孙悟空形象研究相结合，形成了关于孙悟空形象的一系列观点。对孙悟空的探讨较多地集中在原型之争、"心猿"说、"农民起义英雄"说、"统治阶级内部人物"说、"神话英雄"说、"作者理想体现"说、"时代精神代表"说、"模糊形象"说、"民族精神象征"说、"追求者"说、"悲剧形象"说、"童话形象"说、"幽默形象"说等。本章则拟择主要观点进行论述。

第一节　孙悟空原型之争

1919 年，鲁迅在《中国小说史略》中说道：

> ……知宋元以来，此说（案：指无支祁的传说）流传不绝，且广被民间，致劳学者纠弹，而实则仅出李公佐假设之作而已。惟后来渐误禹为僧伽或泗洲大圣，明吴承恩演《西游记》，又移其神变奋迅之状于孙悟空，于是禹伏无支祁故事遂以湮没也。①

这是关于孙悟空形象的最早的说法。1923 年，胡适在《〈西游记〉考证》一文中提到了鲁迅的观点，但他更赞成当时在北京大学教书的沙俄旧贵族钢和泰的看法，于是这样说：

> 前不多时，周豫才先生指出《纳书楹曲谱》"补遗·卷一"中选的《西游记》四出，中有两出提到"巫枝祇"和"无支祁"……周先生指出，作《西游记》的人或亦受这个巫枝祇故事的影响……

---

① 鲁迅.中国小说史略[M].武汉：长江文艺出版社，2008：52.

>……或者猴行者的故事确曾从无支祁的神话里得着一点暗示,也未可知……但我总疑心这个神通广大的猴子不是国货,乃是一件从印度进口的。也许连无支祁的神话也是受了印度影响而仿造的……因此,我依着钢和泰博士的指引,在印度最古的纪事诗《拉麻传》(现译《罗摩衍那》)里寻得一个哈奴曼,大概可以算是齐天大圣的影子。①

后面胡适用相当一段文字大致介绍《罗摩衍那》的情况,说:

>中国同印度有了一千多年的文化上的交通,印度人来中国的不计其数,这样一桩伟大的哈奴曼故事是不会不传进中国来的,所以我假定哈奴曼是猴行者的根本。②

之后,鲁迅在《中国小说的历史的变迁》再次谈了自己的意见:

>……我以为《西游记》中的孙悟空正类无支祁,但北大教书胡适之先生则以为是由印度传来的;俄国人钢和泰教授也曾说印度也有这样的故事。可是由我看去:1、做《西游记》的人,并未看过佛经;2、中国所译的印度经论中,没有和这相类的话;3、作者——吴承恩——熟于唐人小说,《西游记》中受唐人小说的影响的地方很不少。所以我还以为孙悟空是袭取无支祁的。但胡适之先生仿佛并以为李公佐就受了印度传说的影响,这是我现在还不能说然否的话。③

一场延续至今、长达近百年的争论就由此开始。这场争论由鲁、胡二人的各持己见开始,至后来的学者各取一说,分歧之大,争论之激烈。到 20 世纪 80 年代小说研究出现高潮时,致力于《西游记》研究的学者多就此发表过意见。

鲁迅的观点后来被称为"国货说",亦称"民族传统说";胡适的观点被称为"进口说",亦称"印度进口说";在二者之间,还有较有影响的"混血说"。这三说构成了争论的主体。此外,还有"佛典说""石磐陀说""释悟空说",等等。

(1)"国货说"

国货说又称"民族传统说"。最早的提出者是鲁迅,认为孙悟空形象来源于唐传奇中的淮水水怪无支祁。这一说法的研究主要是集中探寻民族文化传统对孙悟空的影响和批驳《罗摩衍那》足以影响孙悟空形成的说法。支持"国货说"的主要研究论文有:鲁迅的《中国小说史略》《中国小说的历史的变迁》,吴晓

---

① 胡适.《西游记》考证[C]//梅新林,崔小敬.20 世纪《西游记》研究.北京:文化艺术出版社.2008:1.
② 胡适.《西游记》考证[C]//梅新林,崔小敬.20 世纪《西游记》研究.北京:文化艺术出版社,2008:15.
③ 鲁迅.中国小说的历史的变迁[C]//弘征.鲁迅国学文选.长沙:岳麓书社,1999:269.

玲的《〈西游记〉和〈罗摩延那〉》①,刘毓忱的《关于孙悟空"国籍"问题的争论和辨正》②,萧相恺的《为有源头活水来》③,李谷鸣的《〈西游记〉中孙悟空原型新论》④等。

(2) "进口说"

"进口说"又称"印度进口说"。这一观点最早提出者是胡适,他认为孙悟空的原型是古印度史诗《罗摩衍那》中神猴哈奴曼。对这一观点的研究内容主要涉及《西游记》与《罗摩衍那》的比较、孙悟空与哈奴曼情节行为的比较,以及史诗《罗摩衍那》在中国的传播情况。支持"进口说"的主要研究论文有:胡适的《西游记考证》,季羡林的《西游记里面的印度成分》《印度文学在中国》《罗摩衍那在中国》,赵国华的《论孙悟空神猴形象的来历》,陈邵群、连光文的《试论两个神猴的渊源关系》等。

(3) "混血说"

"混血说"又可称"综合典型说"。这一观点始于20世纪80年代初期,认为孙悟空的原型深受"进口"和"国货"两方面的影响,是一个综合兼收并蓄的典型。支持"混血说"的主要研究论文有:蔡国梁的《孙悟空的血统》,萧兵的《无支祁、哈奴曼、孙悟空通考》等。

(4) "佛典说"

主要是日本学者坚持此一观点,日本学者矶部彰最先提出"佛典说",认为孙悟空的原型是佛教典籍中的猴形神将。

(5) "石磐陀说"

石磐陀是玄奘初出瓜州时剃度的弟子,张锦池在《〈大唐三藏取经诗话〉故事源流考论》一文中指出,石磐陀有可能是孙悟空形象的原型。理由是石磐陀和玄奘有师徒之份,算个行者;又石磐陀乃胡僧,胡僧与"猢狲"音近,由"唐僧取经,胡僧帮忙"易传为"唐僧取经,猢狲帮忙",从而也就为石磐陀在玄奘取经故事中的神魔化提供了契机。最近在日本发现的元朝画册《唐僧取经图册》中,有"石磐陀盗马"一幅,客观上支持了张先生的这一说法。

张锦池在《西游记》研究中多有卓见,但对这一说法的准确性学术界持有疑问。且不说由"胡僧"音转"猢狲"只是一种猜测,就是西北一带的胡人是否将猴子叫作"猢狲"都存有疑问。而且就外貌而言,石磐陀出现时的"明健""恭肃"状态,与安西壁画中早期的尖嘴猴腮随性实在有太大的差别。更重要的是,石磐

---

① 吴晓玲.《西游记》和《罗摩延书》[J].文学研究,1958(1):35.
② 刘毓忱.关于孙悟空"国籍"问题的争论和辨正[J].作品与争鸣,1981(8):13.
③ 萧相恺.为有源头活水来[J].贵州文史丛刊,1983(2):17.
④ 李谷鸣.《西游记》中孙悟空原型新论[J].安徽教育学院学报,1986(3):36.

陀与玄奘虽有师徒之关系,但从记载来看,这一关系仅仅维持了三天左右,后来二人便不欢而散,最后石磐陀对玄奘的要求近乎胁迫,《大慈恩寺三藏法师传》记下此事,不如说是在记录一件意外的挫折。

(6)"释悟空说"

这一说法自20世纪50年代起流行至今,这里的悟空指唐代高僧释悟空。释悟空的俗家姓名叫车奉朝,天宝十年(751年)随张光韬出使西域,因病在犍陀罗国出家,贞元五年(789年)回到京师。释悟空较玄奘晚了数十年,但是他的出境地点也在安西,并且回来时在龟兹、于阗等地从事翻译和传教活动多年,当时在西域地区影响很大,亦在民间留下了许多事迹和传说。由此,多有学者认为,在取经故事漫长的流变过程中,人们逐渐将释悟空的名字与传说陪同唐僧取经的"猴行者"的名字联系并捏合在一起,逐渐形成后来《西游记》故事里的"孙悟空"。后史双元先生于80年代重提此说,经人民大学《报刊资料选汇》复印而广为人知。

史双元在《孙悟空原型又一说》一文中认为,艺术形象的创造大多为"杂取种种"而形成"这一个",不可过分胶执,应当看到它可能受到的多极影响;在《西游记》一书后半部分中,孙悟空的主要特征是:不畏艰险,排除万难,保护唐三藏西天取经,终成正果。而《宋高僧传》中有一段记载也可作为孙悟空原型讨论的资料:

> 释悟空,京兆云阳人,姓车氏,后魏拓跋之远裔也。天假聪明,志尚《典》《坟》,孝悌之声蔼于乡里。属玄宗德被遐方,罽宾国愿附大唐,遣大首领萨婆达于与三藏舍利越摩于天宝九载来朝阙廷,请使巡按。明年,勒中使张韬光将国信行官吏四十余人西迈。时空未出俗,名奉朝,授左卫泾州府别将,令随使臣自安西路去。至十二载,至健陀罗国,罽宾东都城也,其王礼接唐使。使回,空笃疾留健陀罗,病中发愿,痊当出家,遂投舍利越摩落发……为忆君亲,因咨本师舍利越摩,再三方允;摩手授梵本十地回向轮十力三经,共一夹,并佛牙舍利以赠别。空行从北路,至睹货罗国,五十七番中有一城,号骨咄国城,果有小海。空行次南岸,地辄摇动,云阴雨暴,霆击雹飞。乃奔就一大树间,时有众商咸投其下。商主告众曰:谁赍佛舍利异物殊珍耶,不尔龙神何斯忿怒,有则投于海中,无令众人惶怖,如藏匿者自始伊咎。空为利东夏之故,潜乞龙神宥过。自卯达申,雨雹方霁。回及龟兹,居莲花寺,遇三藏法师勿提提羼鱼,善于传译,空因将十力经夹请翻之。寻抵北庭大使复命。空出梵夹,于阗三藏戒法为译主,空证梵文并度语,翻成十地回向轮经,事讫,随中使段明秀,以贞元五年已巳达京师,敕于

跃龙门使院安置。①

　　史双元提出这一说的主要依据是因为,"上引这段资料中,有关悟空随行出使西域,从三藏落发受戒,途遇怪异,取佛经回京师等主要情节皆已具备"。② 但这一说法有一个极大的缺陷,即取经故事中唐僧最初的随行,是一位"白衣秀才"打扮的猴行者,并不叫悟空,这与俗名车奉朝的悟空和尚似乎没有多少关系;而猴行者改称孙悟空,大约是在宋代,为何叫孙悟空,目前尚无定论,是否因为前朝有位取经的和尚叫悟空,也无根据。

　　关于孙悟空的原型,季羡林于1978年在《〈西游记〉里面的印度成分》中提到了他对孙悟空原型的看法。"中国著名的古典长篇神魔小说《西游记》与印度神话的关系,多少年来在中国学者中意见就有分歧,有的学者主张是受了印度的影响,有的学者则否认此说。这个争论集中到小说主人公孙悟空(孙猴子)身上。胡适、郑振铎、陈寅恪等主前者,而鲁迅等则主后者。鲁迅在他所著的《中国小说史略》中说:'明吴承恩演《西游记》,又移其神变奋迅之状于孙悟空,于是禹伏无支祁故事遂以堙昧也。'我不敢说孙悟空身上一点儿无支祁的影子都没有。但是从整个的《西游记》受印度的影响至深且巨这种情况来看,与其说孙悟空受无支祁的影响,毋宁说他受印度大史诗《罗摩衍那》中的猴子那罗、哈奴曼等的影响更切合实际。因为玄奘的其他两个弟子猪八戒和沙僧,都能在汉译佛经中找到根源,为什么独独情况最鲜明的孙悟空却偏是受无支祁的影响呢?这样说实在过分牵强。无支祁的神话,除了在中国个别地区流行外,实在流行不广,无足轻重。有的学者甚至说,《罗摩衍那》过去没有汉译本,难以影响中国。这种说法亦近儿戏。民间神话传说的流传,往往靠口头传播,不一定写成文章后才能流传,这一点可以说是已经成为常识了。"③

第二节　社会学角度诠释

　　20世纪对孙悟空形象的接受与诠释可分为两个时期:一是20世纪80年代,人们大都从社会政治角度剖析;二是20世纪90年代,人们则注重发掘其文化哲学意蕴。20世纪80年代改革开放初期,人们的思想意识开始逐渐觉醒,文

---

① 张星烺.中西交通史料汇编[G].北京:中华书局,2003:2166.
② 史双元.孙悟空原型又一说[G]//肖泽曜,李冬茹.知识万花筒:人民日报海外版《文萃》精选.北京:春秋出版社,1988:248.
③ 季羡林.《西游记》里面的印度成分[C]//季羡林学术文化随笔.北京:人民出版社,2001:73.

学研究也开始逐渐从先前社会学范畴中解放出来。关于《西游记》研究也在否定前期研究成果的过程中逐渐成长起来。但在这期间，人们仍然摆脱不了从明朝当时的社会政治背景、文化思潮方面来分析孙悟空形象，由此提出了一系列代表性的观点："农民起义英雄说""作者理想体现说""新兴市民说"等。

一、"农民起义英雄"说

对于孙悟空形象最早的理解认识当属蒲松龄《聊斋志异》中《齐天大圣》一文。文中记述许盛经商路遇齐天大圣祠，对齐天大圣由不信到相信，并在大圣的帮助下经商成功。齐天大圣孙悟空本是小说人物，正如"异史氏曰"在文章结尾所说的，你相信他有，他就有，你相信他无，他就无。许盛从相信齐天大圣的不存在到笃信他有，经历了人神对话、人神交流、人神谅解、人神和美的过程。许盛本是宁折不弯、宁死也不相信齐天大圣的，后为了兄长，乐意自称弟子。孙悟空可能因自己身上具有"反骨"，对造反者不仅网开一面，还倍加恩宠。一个刚直的人引出一个刚直的神，刚直的神却千方百计帮助刚直的人。两个"刚性"人物棱角分明，又有温和色调，演绎出相当曲折、十分有趣的人神友谊佳话。蒲松龄便认为孙悟空身上是具有反抗精神的，是宁折不弯的。所以孙悟空会对与他相似的许盛倍加恩宠。

现如今，关于孙悟空的形象，有研究者认为他象征着封建社会人民（主要是农民）反抗斗争中的英雄。这种观点主要集中在游国恩本的《文学史》和中国科学院文学研究所的《中国文学史》中。研究者认为孙悟空在大闹天宫时提出了"皇帝轮流做，明年到我家"的叛逆口号，表现了孙悟空天不怕、地不怕的勇敢的反抗精神，代表了封建社会农民起义的英雄人物。在取经路上，孙悟空一方面不敬神佛，另一方面又要与妖魔斗争。孙悟空在取经路上的降魔伏妖，反映了广大人民的愿望，代表了他们铲除邪恶、战胜困难的坚强信念和巨大力量。

刘远达在《试论〈西游记〉的思想倾向》一文中，认为孙悟空是农民起义的代表，为农民起义树立了"改邪归正"的榜样，认为《西游记》是"艺术化的'心学'，是'破心中贼'的政治小说"。这一观点一经发表便受到其他学者的质疑，彭容生在《关于〈西游记〉的思想倾向——与刘远达同志商榷》一文中，便说："《西游记》毕竟是部神魔小说，它绝对不应该和那些直接写现实斗争的作品等同起来。《西游记》中人物形象的阶级倾向大多是比较模糊的，作者没有明确地写出哪个人物代表哪一阶级，所以我们也不能简单地把大闹天宫说成是农民起义。"[①]

与认为孙悟空是"农民起义英雄代表"说相对立的观点便是认为孙悟空是

---

① 彭荣生.关于《西游记》的思想倾向：与刘远达同志商榷[J].思想战线，1982(5)：37.

"造反者的叛徒"。傅继俊在《我对〈西游记〉的一些看法》中,认为孙悟空大闹天宫时就是"从个人私利出发,一心想挤进天庭统治者行列",因而造反不彻底,两次接受招安。后来,"既经不起高官厚禄诱惑,又受不了皮肉之苦威胁,终于跪倒在统治者面前祈求讨饶,成为造反者的叛徒"。① 在取经路上,又为统治者立下汗马功劳,最后得到统治者优厚加封。他们把孙悟空看成"统治阶级中造反者的化身",把孙悟空皈依佛教,帮助唐僧取经,看成叛变投降,从而断言作者是用孙悟空的形象说明"被统治者只有死心塌地为统治者卖命,才有可能得到好处,找到出路。"②丁黎在《从神魔关系论〈西游记〉的主题思想》一文中,也持同样的观点。

"农民起义英雄说"的出现,主要是基于对明朝当时社会现实的分析。明朝中期,农民起义颇为频繁,发生的较大规模的农民起义主要有:王浩八领导的江西农民起义,蓝廷瑞、鄢本恕等领导的陕西汉中农民起义,刘六、刘七领导的全国性农民大起义。由此将孙悟空大闹天宫与农民起义结合起来,认为孙悟空大闹天宫、西天取经是农民起义斗争的集中反映和概括。这种说法是在一定时期内特定的社会政治背景下提出的,得以流行并被大加颂扬,但随着"文化大革命"的结束,人们对传统文化与思想的反省和重新认识,出现了一批学者开始纷纷对孙悟空"农民起义英雄形象说"质疑,对孙悟空形象进行了内涵更深、层次更广的认识和解说。周中明便在《应该怎样看待孙悟空》一文中,认为孙悟空是统治阶级中一员。孙悟空大闹天宫的目的是让统治者给他升官,希望统治者能任用贤能,实现政治清明,这实际上是"统治阶级内部轻贤和要求仁贤两种政治主张的斗争,是统治阶级内部权力分配问题"③。所以孙悟空形象的"阶级属性本质上仍然属于封建统治阶级范畴"④。但他的典型意义又不限于封建统治阶级内部,作者在他身上寄托和凝聚了人民的理想和愿望,由此得出结论,"那种把大闹天宫说成是农民起义的,完全是从表面现象看问题的牵强附会;那种把孙悟空看成'被统治阶级中造反者的化身',实际上不过是对孙悟空形象的任意拔高;那种把孙悟空在大闹天宫失败后的皈依佛门,说成叛变投降,则是纯属莫大误解。"⑤

二、"作者理想体现"说

毛泽东在《矛盾论》中指出:"《西游记》所说的孙悟空七十二变和《聊斋志

---

①② 傅继俊.我对《西游记》的一些看法[J].文史哲,1982(5):41.
③ 周中明.应该怎样看待孙悟空[J].文史哲,1982(6):28.
④ 周中明.应该怎样看待孙悟空[J].文史哲,1982(6):29.
⑤ 周中明.应该怎样看待孙悟空[J].文史哲,1982(6):47.

异》中的许多鬼狐变人的故事等,这种种神话中所说的矛盾的互相变化,乃是无数复杂的现实矛盾的互相变化对人们所引起的一种幼稚的、想象的、主观幻想的变化,并不是具体的矛盾所表现出来的具体的变化。"① 这也显示了文学作品中神魔故事与社会现实之间的关系。吴承恩所处的时代,社会黑暗、政治腐朽、君昏臣奸、农民起义频繁,"行伍日凋,科役日增,机械日繁,奸诈之风日竞"。② 吴承恩本人"性敏而多慧,博览群书,为诗文下笔立成",科举的失利、生活的艰辛,使他深切体会到人民生活的悲惨,让他对社会现实极为不满,并发出"近世之风,余不忍详言之"的感叹,表达出对于朝政日坏、奸风日竞的愤懑心情。他急切希望改变这种现象,希望世间能够出现英雄、豪杰之士,能够斩妖除邪,使社会清平,于是在作品《西游记》中孙悟空便成为作者理想中的英雄人物。

有研究者认为孙悟空是个世间英雄,他要求自由平等,追求至善。但不是叛逆者形象,不存在"造反"问题。曾广文在《世间岂谓无英雄——〈西游记〉主题思想新探》一文中,一反前面"农民起义英雄说",认为"孙悟空与天界诸神佛乃是属于发展阶段各不相同的社会的成员,双方并无统治和被统治关系"。③ 孙悟空闹天宫的原因,近因是"玉帝不会用人",远因是闹龙宫、森罗殿、玉帝要擒拿他。赵庆元在《西游记新议三题》中,认为前期的孙悟空是代表个人和群体的利益,要求改变现实,同天宫统治者战斗;后期的孙悟空是为了改变南瞻部洲的现状去取经,同形形色色的妖魔鬼怪战斗的。无论前期还是后期,都表现出对现实的不满和要求改变现实的思想倾向性。《西游记》的全部情节自始至终都是围绕这个基本倾向而展开的。

明确提出"作者理想体现说"的是罗东升。罗东升在《试论〈西游记〉的思想倾向》一文中,在对明朝社会现实、作者思想进行分析之后,认为《西游记》中的孙悟空,是个神话英雄人物,也是作者理想的英雄"。面对君昏臣奸,吴承恩认为最好的办法是"'士贵而君尊',诛奸臣,除贪官污吏,使'佞人远'……但由于阶级的局限和封建统治思想的束缚,他害怕人民的力量,更不敢去依靠人民的力量。因此,他只好把改变黑暗现实的希望寄托在'英雄''豪杰之士'的身上。他满怀豪情地宣称'救月有矢救日弓,世间岂谓无英雄!'相信世上会有英雄起来为他'致麟凤',斩妖除邪,使社会'清宁'……孙悟空的英雄形象,就是吴承恩在上述思想指导下,根据这样的模特儿塑造出来的。"④

---

① 毛泽东. 矛盾论[C]//毛泽东选集:第1卷. 北京:人民文学出版社,1991:330-331.
② 吴承恩. 赠卫侯章君履任序[G]//吴承恩诗文集笺校. 刘修业,辑校. 刘怀玉,笺校. 上海:上海古籍出版社,1991:357.
③ 曾广文. 世间岂谓无英雄:《西游记》主题思想新探[J]. 成都大学学报,1985(3):27.
④ 罗东升. 试论《西游记》的思想倾向[J]. 华南师范大学学报,1979(2):35.

在认为孙悟空是英雄人物("作者理想体现说")的同时,也有研究者认为孙悟空是个"侠士"。何思玉在《一个并不虔诚的佛教徒——谈孙悟空的形象并和刘远达同志商榷》一文中,认为孙悟空大闹天宫、反龙宫的言行,都"和侠客豪杰息息相关",他"是一个无所畏惧的绿林好汉",是"侠士形象的艺术写照"①,在他身上,体现了封建社会中灾难沉重的劳动人民希望豪杰义士为自己解脱苦难的愿望。汪德修在《〈西游记〉的思想内容和孙悟空形象的意义》一文中,通过对孙悟空大闹天宫、西天取经故事的分析,认为"孙悟空的形象是封建社会中侠士人物或者说是武士人物的概括和具现,孙悟空的道路,正是体现了士的(文的、武的)生活道路。孙悟空实质上是个想出仕的隐者,待价而沽的士子,即想为君效命的武侠的形象……这个人物形象体现了作者憎恨秦汉以来的制度,把希望深深寄予'豪杰之士'。他希望能够有'致麟凤'的英雄出现,来除暴安良,治国兴邦,于是就在民间传说的基础上再创造了孙悟空这个形象"。②

三、"新兴市民"说

新时期,朱彤率先打破传统的阶级论观点,他在《论孙悟空》一文中提出孙悟空是"新兴市民英雄",认为孙悟空形象的"现实基础是明代后期崛起于封建社会内部的新兴市民","孙悟空实际上是穿着神话外衣的市民英雄形象"。③ 他对天庭神权的反抗,"是新兴市民所固有的阶级性——妥协性一面在政治斗争中的表现"。④ 朱彤通过对吴承恩所处的时代特征的考察,指出:"吴承恩的时代……已经出现了资本主义生产关系的萌芽,中国资产阶级前身——新兴市民社会势力在社会生活中可是崭露头角,社会阶级矛盾日趋复杂化。中国社会面临着新旧交替的历史大转变的时期。"⑤由此他进一步阐述:"吴承恩表现了要求变革的时代精神,反映了新兴市民社会势力的政治思想要求。孙悟空形象就是新兴市民社会势力的政治思想面貌,在文学上以理想化的浪漫主义形式的表现。"⑥

以上关于孙悟空形象的研究,"农民起义英雄说""作者理想体现说""新兴市民说"均是结合明朝社会背景、作者思想而作出的阐释,它们都有一定的合理性,认识到了文学作品的研究离不开社会客观条件的影响,但对社会政治影响

---

① 何思玉.一个并不虔诚的佛教徒:谈孙悟空的形象并和刘远达同志商榷[J].思想战线,1982(3):21.
② 汪德修.《西游记》的思想内容和孙悟空形象的意义[J].昭乌达蒙族师专学报,1989(3):36.
③ 朱彤.论孙悟空[J].徽师范大学学报,1978(1):25.
④⑤ 朱彤.论孙悟空[J].安徽师范大学学报,1978(1):26.
⑥ 朱彤.论孙悟空[J].安徽师范大学学报,1978(1):27.

不能过分夸大,文学作品有其自身的独立性,审美性、艺术性才是其本质所在,因此对于人物形象的研究应当更多地从作品本身进行挖掘。

第三节 文化哲学角度诠释

20世纪90年代以后,随着中国改革开放取得巨大成功,西方新思想的不断引进,对于孙悟空的研究也开始逐渐地深入化、多元化,从文化哲学角度来分析孙悟空形象,出现了"民族精神象征"说、"心猿"说、"反映世俗态层面的生活哲理"说、"超我意识体现"说等。

一、"民族精神象征"说

《西游记》400多年的传播史和接受史表明,它一直深受广大群众喜爱。时至今天,搬上电视荧屏,则更加普及而传神,达到了家喻户晓、人人喜爱的程度。如若探究其原因,现今大多数学者认为,不仅仅是因为《西游记》超现实曲折的故事情节和天马行空般神奇的想象,更是因为《西游记》运用游戏的手法、玩世的意味,在"神魔皆有人情"的艺术描写中,蕴藏着我们民族优秀健康的精神,代表着人类某些共同的生活追求。

最早提出"民族精神象征说"的是严云受,他在《孙悟空形象分析中的几个问题》一文中,通过对南宋至明初孙悟空形象的演变、吴承恩的思想和创作意图、故事中孙悟空经历和艺术形象的分析得出结论,认为孙悟空"称得起是一个理想化了的体现了人民的斗争精神、反抗意志和无穷智慧的艺术典型"。[①]

将"民族精神象征"说发扬光大的则是曹炳建,他先后撰文《孙悟空形象的深层意蕴与民族精神》《多重文化意义下的探索与追求——〈西游记〉孙悟空形象新论》,认为孙悟空形象包含了社会与人生多重意义,"从作者所处时代的文化特质来看,孙悟空实际上是封建时代事功型的斗士形象;从民族文化的高度看,这一形象体现出强烈的抗争与进取精神;从人类普遍精神的高度看,这一形象体现了人类共同的自由精神、秩序精神和为人类群体奋斗的精神"。[②] 而在民族精神方面则主要是植根于深厚的民族文化土壤中,"对国民性格中的奴性哲

[①] 严云受.孙悟空形象分析中的几个问题[J].安徽师范大学学报,1979(2):27.
[②] 曹炳建.多重文化意义下的探索与追求:《西游记》孙悟空形象新论[J].南阳师范学院学报,2004(11):34.

学的反叛,从而构建新的民族性格"。① 通过分析孙悟空形象中好斗、乐观的精神,文章认为当凝聚着斗争精神、斗争智慧的故事在人民群众中扎根之后,孙悟空形象便是对"奴性哲学的反叛,是对压抑人性的社会现实的反击,是作者对国民性格中劣根性经过深刻反思,站在更高的高度,刻画出来的一个全新的人物形象,为国民性格的转变树立了一个很好的典型"。② 并且曹炳建更深层次地认为孙悟空身上不仅体现了民族精神,同时也体现出人类的普遍的文化精神,那便是自由精神、秩序精神和为人类群体而奋斗的精神。

胡金望在《〈西游记〉的精神文化指向》一文中,同样认为孙悟空形象"体现了追求人性自由和人格尊严,礼赞奋斗抗争和渴望智慧力量的精神文化指向,从而使作品在打上其赖以产生的时代特征的同时,透射出中华民族乃至全人类某种共同的生活意念和欲望"。③ 他还认为,孙悟空追求个性自由和尊严的精神、战斗精神,既有对中华民族传统精神的继承,也"有对明代中后期出现人性觉醒与个性解放的社会进步思潮的反映,具有鲜明的时代特征",④并且将民族传统精神具体化为儒家文化中主张用世、积极进取的优秀部分。

二、"心猿"说

"心猿"作为孙悟空的代称,多次出现在百回本《西游记》的文本中,比如在回目中便有:"八卦炉中逃大圣,五行山下定心猿""心猿归正,六贼无踪""邪魔侵正法,意马忆心猿""魔王巧算困心猿,大圣腾那骗宝贝""外道施威欺正性,心猿获宝伏邪魔""心猿正处诸缘伏,劈破傍门见月明""心猿遭火败,木母被魔擒""外道弄强欺正法,心猿显圣灭诸邪""心猿空用千般计,水火无功难炼魔""法性西来逢女国,心猿定计脱烟花""神狂诛草寇,道昧放心猿""心猿钻透阴阳窍,魔王还归大道真""姹女育阳求配偶,心猿护主识妖邪""镇海寺心猿知怪,黑松林三众寻师""心猿识得丹头,姹女还归本性""心猿妒木母,魔主计吞禅""禅到玉华施法会,心猿木土授门人"。现代研究者多将"心猿"与明朝中叶的阳明心学、佛教、全真道教相联系,认为其实际上是作者以孙悟空为例而体现的儒、道、佛思想。

首先,研究者将"心猿"归之于明朝中叶的阳明心学,认为作者实际上是借孙悟空形象来宣扬"三教合一"的心学。黄霖在《关于〈西游记〉的作者和主要精神》一文中,认为《西游记》写定者与明朝中后期的文化思潮合拍,将孙悟空塑造成有个性、有理想、有能力的人性美的象征,赞颂了明朝中后期追求个性自由、

---

①② 曹炳建.孙悟空形象的深层意蕴与民族精神[J].河南大学学报,1996(5):22.
③④ 胡金望.《西游记》的精神文化指向[J].明清小说研究,2005(4):37.

肯定自我价值的思潮,实现了其对晚明"心学"的宣扬。张蕊青在《〈西游记〉之"心猿"及其文化根源》一文中,具体分析了文本回目中的"心猿"和阳明心学的实质之后,认为"小说回目中多次出现的'心猿'两字,实际上是作者以孙悟空为例所体现的主要思想,阳明心学正是这部小说贯穿始终并且占据主导地位的核心思想,同时也是阳明心学的思想实质"。① 阳明心学肯定个人的意义和价值,强调自由平等。《西游记》中孙悟空不服天地管辖,自由自在;闹天宫提出"皇帝轮流做,明年到我家",寻求地位的平等;闯地府销毁生死簿寻求生命的长久;西天取经也是为了心性的修炼和提高个人的修养;所有的这些都与心学中所肯定的人的价值相符合。在此种角度上,分析"心猿"与心学的密切关系有其合理性。

其次,也有学者将"心猿"归之于佛教,将之与佛教的《心经》相联系,具体化为"解读《心经》的老猿"。《西游记》中提到的佛教《心经》是在第十九回"云栈洞悟空收八戒,浮屠山玄奘受心经",并被全文引用:

《摩诃般若波罗蜜多心经》。观自在菩萨,行深般若波罗蜜多,时照见五蕴皆空,度一切苦厄。舍利子,色不异空,空不异色;色即是空,空即是色。受想行识,亦复如是。舍利子,是诸法空相,不生不灭,不垢不净,不增不减。是故空中无色,无受想行识,无眼耳鼻舌身意,无色声香味触法,无眼界,乃至无意识界,无无明,亦无无明尽。乃至无老死,亦无老死尽。无苦寂灭道,无智亦无得。以无所得故,菩提萨埵。依般若波罗蜜多故,心无挂碍;无挂碍故,无有恐怖;远离颠倒梦想,究竟涅槃。三世诸佛,依般若波罗蜜多故,得阿耨多罗三藐三菩提。故知般若波罗蜜多,是大神咒,是大神咒,是无上咒,是无等等咒,能除一切苦,真实不虚。故说般若波罗蜜多咒,即说咒曰:"揭谛,揭谛!波罗揭谛,波罗僧揭谛!菩提萨婆诃!"②

"悟空解经"则是在第八十五回,他解释道:"佛在灵山莫远求,灵山只在汝心头。人人有个灵山塔,好向灵山塔下修。"③

通过《心经》,研究者将"心猿"与佛教相联系。王齐洲撰有《〈西游记〉与〈心经〉》一文,对佛教的经典《心经》进行了详细的介绍,认为《西游记》的作者"在创作中对佛教的重要经典《心经》给予了特别的关注,并把自己对《心经》的理解贯穿到作品的构思中,从而形成了作品的佛教底蕴"。④ 王齐洲认为,作者将《心

---

① 张蕊青.《西游记》之"心猿"及其文化根源[J].上海金融学院学报,2009(6):34.
② 吴圣昔.《西游记》百家汇评本[M].武汉:长江文艺出版社,2007:142.
③ 吴圣昔.《西游记》百家汇评本[M].武汉:长江文艺出版社,2007:644.
④ 王齐洲.《西游记》与《心经》[G]//王齐洲.四大奇书纵横谈.济南:济南出版社,2004:186.

经》理解为对"心"的管束和修持,因此佛教"修心"成为作品的思想主题。"《西游记》以《心经》为指导,强调修心,是符合佛教教义的,特别是体现了禅宗的思想。"①孙悟空所修之心是佛教的"即心是佛""见性成佛"。通过"心猿"、《心经》,王齐洲认为《西游记》在作品立意和情节结构中比较自觉地宣扬了佛教大乘般若思想和禅宗思想"。② 程毅中在《〈心经〉与"心猿"》中,认为乌巢禅师在授予唐僧《心经》之后,孙悟空在其中多次对其进行解释,分别是第三十二回、第四十三回、第八十五回、第九十三回,将孙悟空"塑造成一个深通佛法的真僧"。③ 其后又对"心猿"进行具体的解释,认为"心猿"所讲解之《心经》是禅宗的心学。

第三,将"心猿"与道教相联系。最早是在柳存仁先生的《全真教和小说〈西游记〉》,柳存仁先生也是最早关注"心猿"一说的。虽然其文《全真教和小说〈西游记〉》讨论"心猿"来历及其意义的字数并不多,但他指出"心猿意马的用语,是百回本《西游记》回目和若干文字里几个重要角色的代名词",并认为"这些名词也是宣传道教的人把这部小说的故事情节尽量道教化的一部分表现"。④ 此后,陈洪则在柳存仁先生文章的基础上,撰写了《〈西游记〉"心猿"考论》一文,从四个方面对"心猿"与全真道教的渊源关系进行了详细的论述。"① '心猿'的语源,以及在各类著作中使用的频度;② 全真教代表人物著作中使用'心猿'的频度;③ 证明《西游记》中'心猿'一词的使用确与全真教有关;④ 说明'心猿'考论对于《西游记》研究的多方面意义。"⑤他认为:"'心猿'作为孙悟空的代称,频频出现在《西游记》(百回本)的文本中,直接的源头并非佛教,更不是明中后期的阳明心学,这种特色鲜明的话语现象,是全真教带来的,再具体些讲,是受王重阳、马丹阳著作影响的结果。"⑥

百回本《西游记》因其存在着多重阐释的空间,所以从儒、道、佛三方面来阐释"心猿"都有其合理处,为孙悟空形象的阐释增添了更多的光彩,可以多方面、多角度地了解孙悟空形象。

三、"反映世俗层面的生活哲理"说

自宋代以后,中国文化的一个基本发展趋势便是世俗化。取经故事演化发展的历史,每一步都是伴随着宗教意识的淡化和世俗观念的加强。《西游记》成书,世俗化便成为它一重要的特点。《西游记》的取经过程,以及神、人、妖的关

---

①② 王齐洲.《西游记》与《心经》[G]//王齐洲.四大奇书纵横谈.济南:济南出版社,2004:187.
③ 陈毅中.《心经》与"心猿"[G]//程毅中.程毅中文存.北京:中华书局,2006:379.
④ 柳存仁.全真教和小说《西游记》[J].明报月刊,1985(5-7):233-237.
⑤⑥ 陈洪.《西游记》"心猿"考论[J].南开学报,2009(1):19-26.

联,向我们展示了世俗社会的生活哲理。

萧相恺在《孙悟空形象的文化哲学意义》一文中,认为孙悟空形象的文化意蕴属于世俗态层面而非纯宗教哲学。这一形象体现了一种以原始巫术为主,又糅合经过改造的佛道儒学义理而成的世俗宗教文化,阐述了一个要成正果,须走正道,而且要百折不回的人生哲理,从而自然地反映了明朝中期的社会现实,表现了作者的不满情绪。"吴承恩塑造孙悟空这个形象,不过是要借宗教信徒每每宣扬的虔诚信教、苦修苦炼、成佛成仙的母题,来阐发世俗社会中一个既十分简单又无比深沉的生活哲理——要获成功,须走正道,而且要百折不回,勇往直前。如此而已。因为所阐发的是世俗社会的生活哲理,故阐发的过程中,又自然地反映了其所处时代的社会现实,同时也表达了自己对现实的不满情绪。"[①]

在对孙悟空世俗层面的描写中,研究者也注意到了孙悟空身上所体现的悲剧、喜剧因素。赵红娟在《从孙悟空形象塑造看〈西游记〉对悲剧和喜剧的超越》一文中,认为《西游记》超越了悲剧和喜剧模式来塑造孙悟空形象。孙悟空是神、兽、人三位一体的艺术形象。神是中介,人、兽则通过此中介构成两极。具体地说,由神的本领和人的思想感情构成了孙悟空作为悲剧英雄的一极,由神的本领和兽的外形及其滑稽动作构成了孙悟空作为喜剧英雄的一极。前者是内在的、本质的,后者则是外在的、形式的。

作品中的人物形象虽然是作者虚构出来的,但脱离不了现实的影响。《西游记》中的孙悟空、唐僧、猪八戒等人物形象的描绘,是作者按照自身的人生经验塑造的,与现实社会有着密切联系,在他们身上势必要折射出世俗的生活,反映现实社会,传达现实社会人民的情感和愿望。

四、"超我意识体现"说

有学者将心理学与《西游记》相联系,运用弗洛伊德的心理分析理论(本我意识、自我意识、超我意识)来分析《西游记》中的人物形象,认为孙悟空代表着心理分析理论中的"人性的绝对自由本能",他追求的是"生命的无限""行为的无限""自我个体在群体关系中地位的无限";猪八戒则是心理分析理论中的"性本能",它追求的是"性欲的绝对满足""食欲的绝对满足""懒欲的绝对满足";沙僧则是心理分析理论中的"死本能",是"意气的自由与满足"及"死本能"的实现等。[②] 而整部《西游记》则是作家吴承恩心理世界的外化,是他的一场"白日梦",

---

[①] 萧相恺.孙悟空形象的文化哲学意义[J].古典文学知识,1999(4):36.
[②] 孔刃飞.《西游记》人物形象塑造的心理学成因[J].明清小说研究,1997(3):37.

师徒四人恰恰从不同层面构成了他完整的人格心理结构:猪八戒代表着快乐的本我,沙僧代表现实的自我,唐僧代表理想的超我,孙悟空则代表着游走于三者之间的自由理想的追求和愿望。① 关于孙悟空"超我意识的体现",研究者们及成果主要有:邹少雄《人类超我意识的集中体现——论〈西游记〉中的孙悟空形象》,谢群山、王远舟《在魔界、人界、神界走来走去的典型——用弗洛伊德人格结构说解读〈西游记〉形象》,王纪人《成长与救赎——〈西游记〉主题新解》,宁荣生《〈西游记〉:精神分析之旅》等。

邹少雄在《人类超我意识的集中体现——论〈西游记〉中的孙悟空形象》一文中,提出孙悟空的形象是中国古代文学中一个经历了"由萌芽到自觉,再到成熟"的"人类超我意识"的形象体现,他身上的种种超凡本领正是人类"超我的精神幻想",而宗教本身所具有的超我性使得这一形象在《西游记》中体现得更为具体。他通过对人类超我意识的解析,并从超我意识角度考察《西游记》,发现"主人公孙悟空的形象实质上是人类超我意识的形象体现,是人类超我的精神幻想的结晶"。通过分析孙悟空所经历的大闹天宫、八十一难,以及孙悟空的活动环境,认为"'大闹天宫'是追求'齐天'即更高层次的超我,是追求对自身现状的改变;'八十一难'同样是追求更高层次的超我,是追求对现实状态的改变"。② 并且通过孙悟空"对生死界限的打破,对生命有限的超越""对自然力的控制,对自然规律的超越""对社会力量束缚的超越""对人的生理条件和心理条件限制的超越"四个层面的分析,认为孙悟空是人类超我意识的集中体现。

不同民族的文化本身便具有相通性,中西合璧,将西方理论与中国古典小说研究相结合,不仅可以开阔视角,得出许多新的结论,而且也可以更深层次地挖掘出作品的思想内涵。

---

① 宁荣生.《西游记》:精神分析之旅[J].江西社会科学,2004(7):26.
② 邹少雄.人类超我意识的集中体现:论《西游记》中孙悟空形象[J].学术交流,1993(6):19.

第七章　猪八戒形象诠释

第一节　猪八戒的原型

《西游记》中创造最成功的喜剧形象是猪八戒。有学者认为，这位亦人亦猪的形象象征着缺乏宗教追求和人生抱负的粗俗的纵欲生活。"他是一位双重喜剧人物，因为作为一个勉勉强强的取经者，他对出家生活一无兴趣；加上他形如妖怪，力大无比，除了大饱口福和搂着女人酣睡外别无所求。他是一个放大了普通世俗之人的形象，如果赋予他以世俗成功和家庭美满的适当刺激的话，他或许会变成一个更为严肃认真的人物。正因为缺乏这些刺激，他在取经途中变得越来越坏，成了一个忌妒、吝啬、胆小贪吃、沉湎于世俗生活享受的人。作为高家的女婿，他表现得自私而勤劳，同任何白天劳动、晚上归来照料家室、美化住宅的自觉男人没有任何区别。他虽然好色，但只要夜夜有自己的浑家相伴也就心满意足了。因此，按照一般的标准，他属于模范丈夫一类。他的岳父可能讨厌他的丑陋相貌，但却不能抱怨说，他在田里干活不特别卖力。甚至他的大胃口也是他辛勤劳动的直接后果。"[1]也有学者认为，猪八戒这个形象其实最具有人情味。"食色是人类的本性，而八戒恰是它的代表；但是，人的意义又绝不只是食色，因为任何动物都具有食色的本能，所以用猪的形状来象征。"[2]这些说法都很有道理，但要对猪八戒形象进行分析，首先要追本溯源，明确猪八戒的原型。

对于猪八戒的原始形象，现在争论较大的主要是集中在"国产猪""进口猪"

---

[1] 夏志清.中国古典小说导论[M].合肥：安徽文艺出版社，1988：160.
[2] 李安纲.苦海与极乐[M].上海：东方出版社，1995：130.

上面,即"黑猪精"与"金色猪"之争。不论"黑猪精"还是"金色猪",猪八戒形象首先可归为是原始形象沉淀的结果。我国自古以来所饲养的家猪多是黑色,所以有人为猪取了些以颜色为标记的别名,比如乌金、乌将军、黑相公、黑面郎、乌鬼等等。这些别名在古代文献中则亦可见。

在唐人的笔记中,首次记录了"乌金"之名。《朝野佥载》:"拱州有人畜猪以致富,因号猪为乌金。"养猪致富之路在我国自古及今都为人称道,用乌金一名来称猪,表达了对猪的美好寄托。此外,与猪相关的民间故事,被学者们命名为"逗金猪故事"。比如《五只小金猪》便是其中一例。

> 一闯关东的山东老汉来到塔虎古城,靠种甜瓜为生。一日,一外地来的寻宝人要以高价收买老汉的看瓜窝棚。寻宝人告知,远古时,天宫里的看猪小童贪玩,从天宫拔了一支天烛,借亮向下界跑来,他看守的天猪也跟着跑了下来。寻宝人得知老汉窝棚里的一根红里透黑的木杆子,便是天烛,便与老汉商议于大年三十夜子时,点起天烛捉拿天猪。年三十晚,点起天烛,眼前出现了一个从未见过的神奇世界:十双金猪向他们走来。寻宝人用红高粱逗引天猪到他准备好的簸箕里。五双金猪好久都没有走近,到最后,眼看一头猪要走进簸箕里,老汉一脚踹灭了天烛,一切都不见了。要到手的五双金猪——五块大乌金也不见了。①

这个故事充分说明了民间以猪为宝的观念,可为乌金一名提供旁证。金子本为黄色,乌金虽为黑色,其价值却可与黄金相比照。生物学家指出,猪之所以多为黑色,这完全是人工蓄养以后的结果。因为野生动物的皮毛不宜呈现为黑色或浅色。兽类之中除了极强悍的豹和熊有纯黑的皮毛以外,很难看到那样的颜色。黑和白的色彩在大自然中显得过于鲜明,很容易暴露自身位置和招引攻击。家畜生活在人的保护之下,其受天敌攻击的概率非常小,这就使其毛色变黑有了一定的安全保障。

相对于乌金的发财致富,乌鬼更多了些戏谑的味道。清人厉荃《事物异名录》卷三十七引《承平旧纂》云:

> 桂林风俗日食蛙。有来中朝为御史者,或戏之曰:"汝之居乃蛙台也。"答曰:"此名圭虫,岂不胜于黑面郎哉。"黑面郎谓猪也。②

同书又引《懒真子》云:

> 老杜诗云"家家养乌鬼",《笔谈》以为鸬鹚,非也。仆见一峡中士人言:

---

① 王迅,孙国军. 吉林省民间文学集成:前郭尔罗期卷[M]. 北京:知识产权出版社,1988:174.
② 厉荃. 事物异名录[M]. 长沙:岳麓书社,1991:520.

第七章　猪八戒形象诠释

"乌鬼,猪也,峡中人家多事鬼;家养一猪,非祭鬼不用,故于猪群中特呼乌鬼以别之。"此言良是。又鸦亦名乌鬼。①

比乌金和乌鬼更有知名度的外号是乌将军。其得名由来在于一篇同名的唐传奇,又名《郭元振》。故事讲到郭元振在开元年间下第,自晋之汾,夜行失道,走进一宅,见堂上灯火通明,却不见人,但闻女子哭声。上前询问,女子答曰,妾乡有乌将军,能祸福人。每岁乡人择美女嫁焉。我父受乡人钱财,把我灌醉送到这里等候乌将军,一更时就要到来。郭元振听后大怒,发誓要解救这一女子,不成功便以身殉死。过了不久,乌将军一班人马到来,郭元振上前行礼说,我听说今夜有嘉礼,特前来为相。乌将军高兴让座。不料郭元振取佩刀砍断将军手腕,将军失声而逃。天亮后,众人看那被砍下的手,发现原来是只大猪蹄。郭元振又令乡人执弓矢寻血而行。人大冢中,见一大猪无前蹄,因失血过多而死。②这则传奇讲述乌将军每岁娶美女之事,最后才让他现出猪的原形,结局虽有些出人意料,但还是首尾圆贯,名实相符,而且给读者留下充分的回味余地。乌将军名号虽雅,其实不过是个假冒人形的淫欲猪精,成语所说的"衣冠禽兽",正可用在这一形象身上。

与乌将军的命名具有异曲同工之处的是黑相公。相公之名,本为古人用来指称宰相。顾炎武《日知录》卷二十四写道:"前代拜相者必封公,故称之曰相公。"解释了此名的由来。王粲《从军》诗云:"相公征关右,赫怒振天威。"这里的相公指的是曹操。后来相公一名的用法扩大,凡上层社会中青年男士皆可称相公。《通俗编·仕进》:"今凡衣冠中人,皆僭称相公。或亦缀以行次,曰大相公、二相公。"以上材料表明,相公一名的意指可广可狭,但都用于对有身份的男子之尊称。将此名号转用于猪类,这同黑面郎之类戏称一样,包含了某种反讽的意思。

由乌金到乌鬼,再到乌将军、黑相公,这些都构成了猪八戒这一形象的原型。猪八戒的肖像特点:黑肤色、短毛、长喙大耳,穿一领青不青、蓝不蓝的梭布直裰,系一条花布手巾。这些肖像特点与乌金、乌鬼、乌将军、黑相公多有相似之处,同时也可以看出动物的属性在文学作品中的保留。《西游记》中所描写的猪八戒天生具有淫欲的特点。比如,在第十九回"云栈洞悟空收八戒,浮屠山玄奘受心经"中,猪八戒便自诩"色胆如天叫似雷"。在第二十三回"三藏不忘本,四圣试禅心"中,猪八戒见到菩萨变化的三位美女时,"眼不转睛,淫心紊乱,色胆纵横";③面对西梁女王的美貌,更是"看到好处,忍不住口嘴里流涎,心头撞

---

① 厉荃.事物异名录[M].长沙:岳麓书社,1991:526.
② 张英,王士禛,王掞.渊鉴类函[M].北京:全国图书馆文献微缩中心,1996.
③ 吴圣昔.《西游记》百家汇评本[M].武汉:长江文艺出版社,2007:168.

鹿,一时间骨软筋麻,好便似雪狮子向火,不觉的都化去也";①当他看到盘丝洞的七个蜘蛛精在洗澡时,表面上是非得"先打杀了妖精,再去解放师父",可实际上他"欢天喜地,径直跑到那里,不容说,丢了钉耙,脱了皂锦直裰,扑地跳下水来,变做一个鲇鱼精,只在那腿裆里乱钻"。② 追溯原型的话,猪八戒淫欲特点与乌将军颇有相似之处,"篇中每年向乡人索求美女的猪妖乌将军,可视为《西游记》猪八戒形象(在高老庄强占民女为妻)的原型"。③

在中国古代传统文化中,猪形象频繁出现,逐渐演化,具有了一种特殊的原型意义。不论猪八戒形象如何演化,其所具有的深层文化内涵一直没有变。吴承恩对于原始意象的承继和发展,则做得非常成功。"食色,性也。"食欲与色欲是人类最本质的属性和最基本的欲望,也是人类得以生存延续的自然本能,无论人类如何发展、社会如何改变,这种欲望虽然不断地被装饰上文化的外衣,但作为自然本能的原始生命力却始终没有改变过。也许这便是猪八戒被人们不厌其烦讲述的原因,也是他虽然丑陋却受到普遍喜爱的原因。

第二节 猪八戒形象观点

对于取经四人中其他三个人物形象,猪八戒、沙僧、唐僧等形象的研究更多的是集中在 20 世纪八九十年代。研究者对他们的研究经历了由政治性的批评到美学、哲学的批评,由单一性分析到多面综合性分析的演变过程。猪八戒形象的观点则主要有"普通劳动者形象"说、"时代形象"说、"喜剧形象"说以及"世俗形象"说。

一、"普通劳动者形象"说

新中国成立之初,在"百花齐放,百家争鸣"方针的指导下,文学研究取得一定繁荣,但此时的文学研究多受阶级性、历史唯物主义批评的影响。对《西游记》人物的研究也不例外。最早对猪八戒形象作出分析的是方白,他在《谈猪八戒》一文中,认为猪八戒是"劳动人民现实的典型"。他指出"《西游记》到底是一部现实主义作品,当广大人民通过无数传说创造西游人物的时候,不仅看到生活中最理想的一方面,也看到了较现实的一面。作者既已把孙悟空写成了劳动

---

① 吴圣昔.《西游记》百家汇评本[M].武汉:长江文艺出版社,2007:408.
② 吴圣昔.《西游记》百家汇评本[M].武汉:长江文艺出版社,2007:543.
③ 李剑国,陈洪.中国小说通史[M].北京:高等教育出版社,2007:564.

人民理想的典型,同时又创造了劳动人民现实的典型,这就是猪八戒。"①该文章通过对猪八戒高老庄女婿身份的分析,他所使用的兵器——九齿钉耙,以及取经过程中猪八戒的贪色、贪吃、自私、呆头呆脑却心眼不少、"攒私房钱"、打小报告等性格行为的描写,认为"作者把从现实生活中提取来的某些特征,集中在猪八戒这个人物身上,于是猪八戒就成为惫懒、憨直,狡黠而不奸诈,贪小而不忘义,顽皮而又勇敢,热爱现实生活,轻视礼仪做法,充满乐天精神的劳动人民的现实的典型,他是更有人情味,更富有农民性格的一个典型"。②

后来李希凡在《猪八戒是一个什么样的"典型"》一文中,列举了 20 世纪五六十年代出现的关于猪八戒的观点:"猪八戒是一个劳动人民典型的化身,它和神、道、佛相对立,表现着普通人民的生活愿望。"③前面方白论述"猪八戒和孙悟空是'理想'与'现实'的矛盾的对照——'……作者既已把孙悟空写成了劳动人民理想的典型,同时又创造了劳动人民现实的典型,这就是猪八戒。'"④将上述两个观点进行详细的论证。首先,分析了两种观点的合理与不合理之处,从而认为"这两种对于猪八戒形象分析的意见,无论是从性格内容上,或是艺术特色上,都没有能正确解释猪八戒的复杂性格、艺术特色及其在《西游记》中的典型意义。"⑤然后,具体分析了猪八戒的性格、在取经过程中的表现,从而对猪八戒"普通劳动者形象说"作出了修正,认为"《西游记》作者创造猪八戒这样一个人物,并非只是为了给《西游记》增加'人情味',而是为了使它在和孙悟空形象对照的意义上,更深刻地表现取经神话具有现实意义的主题"。⑥ 这是在那个年代对于猪八戒形象较为客观的看法。

二、"时代形象"说

改革开放之初,对猪八戒的研究在前人研究的基础上有所进步并趋向多元化。研究者开始结合猪八戒的演变历程、明朝社会的时代特征等进行详细的论证,提出了"时代形象说"。

杨俊在《猪八戒形象新论》一文中,联系作者的创作主旨和生活时代分析,认为猪八戒"代表了中国新兴市民、商人和农民的思想意识,是新兴市民、商人和农民的综合体"。⑦ 杨俊具体解释了明中叶的社会现实、吴承恩的思想和生活环境,认为"16 世纪的中国淮安就是猪八戒产生的新时代。'商人重利轻别离',

---

①② 方白. 谈猪八戒[J]. 文学书刊介绍,1954(8):56.
③④ 李希凡. 论中国古典小说的艺术形象[M]. 上海:上海文艺出版社,1962:326.
⑤ 李希凡. 论中国古典小说的艺术形象[M]. 上海:上海文艺出版社,1962:331.
⑥ 李希凡. 论中国古典小说的艺术形象[M]. 上海:上海文艺出版社,1962:344.
⑦ 杨俊. 猪八戒形象新论[J]. 云南社会科学,1985(2):34.

猪八戒身上贪财、贪色、自私自利既是中国小农身上又是中国新兴市民、商人身上存在的缺点。而猪八戒追求幸福生活的进取精神却是新兴市民、商人身上所体现的新特点。可见,猪八戒身上的这些优缺点都深深地烙上了时代的影子。所以作为一个人物形象,猪八戒不光有现实性,而且有历史性和时代性。猪八戒之所以招人喜爱就是因为他的身上代表了中国新兴市民、商人和农民的思想意识,他是中国新兴市民、商人和农民的综合体。这种综合体就是猪八戒形象的时代性所在,同时也是这一艺术形象所具有的永久生命力之所在。"[1]

胡光舟、苏兴在此说法的基础上,更进一步认为猪八戒是"小生产者"或"由阔而穷"的艺术典型。吴治也认为,猪八戒性格的内涵一方面具有现实社会意义,反映出明朝中叶的人文主义思想;另一方面具有美学价值,反映出人的本质力量,即人道主义思想。孙逊在《孙悟空、猪八戒形象塑造的艺术经验》一文中,也同样认为猪八戒的性格具有"小生产者和小私有者的品格特点",是"处于中间状态的人物"。[2]

三、"喜剧形象"说

猪八戒的形象,更多的研究者注意到的是他所具有的喜剧美和幽默感,认为猪八戒是一位世俗意味特别浓厚的喜剧美的典型,是孙悟空的陪衬和补充。相比起孙悟空的"神性"色彩,猪八戒更富有"人性"的现实性和"动物性"的幽默感。

杨俊在《猪八戒形象的喜剧性》一文中,认为"《西游记》的艺术成就之一,就是它的喜剧性,这种幽默诙谐的喜剧性就集中体现在猪八戒身上。"[3]该文章认为猪八戒形象的喜剧性,主要体现在五个方面:"第一,人物形象本身的不统一;第二,人物形象的言语、行动的矛盾;第三,憨厚老实又爱耍小心眼;第四,蠢笨无能而又自作聪明,丑陋无比却反以为美。第五,动物性与人性的完美结合。"[4]曹炳建在《世俗化的喜剧形象与国民的隐显人格——〈西游记〉猪八戒形象新论》一文中,同样认为猪八戒身上具有喜剧性的特征,主要表现在猪八戒的幽默、对不合理事物的讽刺、性格与行为的滑稽趣味等方面,他认为猪八戒体现了喜剧性的世俗型艺术形象。另外,在文章中描写了猪八戒喜剧形象的还有魏崇新《猪八戒形象新解——〈西游记〉新论之一》等文。柳宏雷的《论〈西游

---

[1] 杨俊.猪八戒形象新论[J].云南社会科学,1985(2):34.
[2] 孙逊.孙悟空、猪八戒形象塑造的艺术经验[J].文学评论,1985(1):26.
[3] 杨俊.猪八戒形象的喜剧性[J].明清小说研究,1986(1):51.
[4] 杨俊.猪八戒形象的喜剧性[J].明清小说研究,1986(1):41.

记》的幽默艺术风格》则认为"从猪八戒身上可以反观到人类自身行为的滑稽、丑陋"。①

猪八戒的"喜剧形象"恰恰显示出《西游记》的现实性、世俗性。作品通过猪八戒将佛门弟子的取经大义与凡夫俗子的尘世观念相联系，让人在取经崇高理想之外，感受到了世俗人生的平凡而又永恒的诱惑。

四、"世俗形象"说

现代研究者认为，在《西游记》中，猪八戒"贪吃、贪睡、贪色、贪小便宜、自私懒惰；他的天真、乐观、豪爽、吃苦耐劳，这些复杂的性格特点给我们呈现出一个非常形象的凡夫俗子"。②

吴圣昔在《呆子形象面面观——猪八戒剖析》一文中，对猪八戒"呆子"的形象作了具体分析，认为这一形象更多地概括着人类下层社会普通劳动者圈子中所孕育的入世尘俗。刘毓忱、杨志杰《试论猪八戒的形象塑造》一文，认为猪八戒是"受批判受嘲笑的对象"，是一个"好与坏""人与兽""真与假"相统一的、能给人以强烈的美感享受、能产生可贵教育作用的形象。刘士昀在《论猪八戒》一文中，则认为在猪八戒身上既可以看到某些传统的美德又可以看到世俗社会常见的毛病，是一个真实的人物。钟婴《〈西游记〉社会背景发覆》、田同旭《〈西游记〉是部情理小说》则从肯定人的正常欲望出发，认为猪八戒身上"具有个性解放的世俗型素质"。③"《西游记》把猪八戒作为理学压迫下的凡夫俗子进行塑造的，更多地表现着明朝社会好色思想的沉淀，猪八戒是作者以情反理的战斗武器，是《西游记》弘扬人欲的一道凯歌。"④杨江柱《猪八戒与孙悟空》一文，则认为猪八戒最大的缺点是贪欲，但又是人之常情，所以说猪八戒是"肉的象征"，是"求生存的典型"。⑤ 侯光复在《取经路上的凡夫俗子——猪八戒》一文中，认为猪八戒是"取经路上的凡夫俗子"，是"善恶拥抱、美丑浑一的复合式形象"。⑥

猪八戒的贪吃、好色、吹牛、爱占小便宜、常打退堂鼓等许多缺点都是世俗社会的常态，恰与孙悟空超越大众的英雄形象形成对比。一个聪明，一个愚笨；一个聪明伶俐，一个笨嘴拙舌；一个清高，一个世俗；一个英勇善战，一个胆小怕事；一个远离女色，一个天天想着媳妇。通过这样的对比，将两个性格完全不同

---

① 柳宏雷.论《西游记》的幽默艺术风格[J].新疆师范大学学报，1994(3)：34.
② 曾磊.从猪八戒的形象透视它的喜剧性[J].语文学刊，2010(2)：25.
③ 钟婴.《西游记》社会背景发覆[C]//西游记研究论文选.乌鲁木齐：新疆人民出版社，1991：29.
④ 田同旭.《西游记》是部情理小说[J].山西大学学报，1994(2)：45.
⑤ 陈荣林，周应堂.一个求生存的典型形象[J].上海师范大学学报，1994(1)：34.
⑥ 冯文楼.取经：一个多重互补的意义结构[J].明清小说研究，1992(1)：26.

的人物捏合在一起,从而使作品产生特殊的喜剧效果。

第三节　猪八戒诠释评论

　　对作品的分析要结合作品所处的社会时代背景,那么对人物形象的分析也不例外。正确把握与了解猪八戒的形象,必须充分认识和了解作者在创作时的时代背景及其创作思想、创作心态。

　　《西游记》产生于明朝后期,那是一个在躁动中孕育着变革的时代。针对程朱理学的禁欲主义,思想领域内兴起了以阳明心学为代表的个性解放思潮。王阳明的心学是希望通过人心的自我修养和完善,达到"存天理、灭人欲"的目的,认为"心外无物""心外无理",就使人心摆脱了"天理"的束缚,向着自由的境界发展。泰州学派的王艮继承阳明心学,提出了"百姓日用即道"的命题,把注意力由个人的道德修养转向关注人们的实际生活。罗汝芳则公开声称:"解缆放船,顺风张棹,则巨浸汪洋,纵横任我,岂不一大快事也耶。"①何心隐说得更干脆:"性而味,性而色,性而声,性而安佚。"②著名异端思想家李贽更是提倡以情反理,以欲反理,认为:"夫私者人之心也。人必有私而后其心乃见,若无私则无心矣。"③"趋利避害,人人同心。""声色之来,发于性情,由乎自然。"在"穿衣吃饭,即是人伦物理"的命题下,他充分肯定人的各种欲望,"如好货,如好色,如勤学,如进取,如多积金宝,如多买田宅为子孙谋,博求风水为儿孙福荫,凡世间一切治生产业等事",④都是合理的。正是在进步思潮的影响下,吴承恩在作品中表达了对人欲的宽容态度。唐僧就曾这样说:"世间事唯名利最重。似他为利的,舍生忘死;我弟子奉旨全忠,也只是为名,与他能差几何!"⑤把神圣的取经事业庸俗化,也就从反面把商人追求金钱的欲望神圣化。孙悟空身上也表现出人欲的特点,如率性而为地大闹天宫,对名的强烈追求等。当然,对人欲的宽容态度,主要还是表现在猪八戒身上。猪八戒的贪欲,与佛教的教义和儒家的道德修养都是格格不入的。特别是他这些贪欲并没有随着取经的进程一步步改正,而是始终一贯的,连佛祖也说他"保圣僧在路,却又有顽心,色情未泯"。⑥但纵

---

　　① 黄宗羲.明儒学案:卷三十二[M].北京:中华书局,1983:344.
　　② 何心隐.何心隐集:卷二[M].北京:中华书局,1981:40.
　　③ 李贽.藏书[M].北京:中华书局,1975:41.
　　④ 李贽.焚书[M].北京:中华书局,1975:23.
　　⑤ 吴圣昔.《西游记》百家汇评本[M].武汉:长江文艺出版社,2007:367.
　　⑥ 吴圣昔.《西游记》百家汇评本[M].武汉:长江文艺出版社,2007:757.

然如此，如来又不顾佛教戒律，封他为净坛使者，以满足他的口腹之欲，并声称这个封号"乃是个有受用的品级"。可见，作者受时代思潮的影响，并没有把人欲看成罪恶，这显然有违于程朱理学"存天理、灭人欲"的理学大纲。从这个角度看，说八戒"具有个性解放的世俗型的素质"，是"弘扬人欲的凯歌"，似乎具有一定的道理。

但是，这种说法也有故意拔高猪八戒之嫌。从《西游记》的文本实际来看，作者对猪八戒的贪欲并不是肯定和歌颂，而是在宽容基础上又表现出善意的嘲笑。作者对猪八戒贪吃、贪女色的嘲讽，让每一个读者在阅读时无不爆发出笑声来。造成这种现象的原因，就在于猪八戒缺乏高层次的人生追求。著名心理学家马斯洛将人类的基本需求归纳为五个层次：生理需求、安全需求、爱和相属需要、尊重需要、自我实现需要。猪八戒的贪欲，显然只是人类低层次欲望的表现，基本上还停留在生理需要和安全需要上。文学作品当然应该表现人性的基本需求，否则就有可能把人物塑造成为不食人间烟火的超人和圣人，从而丧失其客观实在性；但同时也要表现人性的高级需求，从而在更高层次上调动人们的社会责任感，促进社会的总体发展，并由此更进一步满足每个个体的人生欲望。从这样的角度看，猪八戒的"处于中间状态的人物""孙悟空的陪衬者""世俗形象"也有一定的道理。

吴承恩的创作心态是矛盾的，他对猪八戒是既宽容又嘲笑的。受启蒙思潮的影响，他对人欲采取了宽容的态度，不像程朱理学那样认为个人欲望就是罪恶，但又不像启蒙思潮的思想家们那样过分地强调个人的欲望，但对超越一定限度的贪欲又予以嘲笑和否定。他满腔热情地描写了孙悟空的大闹天宫，同时又认为这是"欺天罔上"，于是西天取经路上，孙悟空被戴上紧箍。同样，作者把猪八戒塑造成为一个贪欲不泯的形象，但又对八戒予以某种程度的嘲笑和揶揄。他没有为社会设计出一种更新的、和谐的存在形式，也没有为人欲的表现和满足设计一个可行的方案。从这个角度看，我们更赞成将八戒看作"肉的象征"，是"求生存的典型形象"，是"取经路上的凡夫俗子"。

第八章 其他人物形象诠释

第一节 沙僧形象诠释

《西游记》取经四人中，沙僧是最不被人们所注意的形象。现今关于沙僧形象研究的论文也比较少，主要有张静二《论沙僧》、钟婴《说沙僧》、刘士昀《论〈西游记〉中的沙僧形象》、萧登福《西游人物溯源——沙悟净与密教中的深沙大将》、夏敏《沙僧姓名与西域民族》、张锦池《论沙和尚形象的演化》、单良《试论〈西游记〉中沙僧形象的塑造》、曹炳建《封建时代普通民众的人格写照——〈西游记〉沙僧形象新论》等。研究者们对于沙僧形象的观点则主要有"普通民众形象"说、"任劳任怨实干家"说和"苦行僧"说。

一、"普通民众"形象

《西游记》中沙僧表现出了中国人民的传统美德，他善良老实、埋头苦干、任劳任怨、默默奉献，是中国普通民众的典型形象。此一观点的支持者主要有：钟婴、刘士昀、曹炳建。

钟婴在《说沙僧》中，认为与塑造孙悟空形象多用传奇之笔不同，作者写沙僧更多采用写实笔法，把他写得更接近于人。取经路上他挑担的行李最多，结果，猪八戒反倒因挑担有功而晋封，他却没份。沙僧不是一个反抗者的形象，而是个心地善良、忠厚老实、勤勤恳恳、埋头苦干的人。钟婴将沙僧的个性特征概括为"循规蹈矩，一本正经""埋头苦干，默默无闻""小心谨慎，明哲保身""关键时刻不失义骨侠肠"。① 刘士昀在《论〈西游记〉中的沙僧形象》一文中，认为"沙

---

① 钟婴.说沙僧[J].杭州师范大学学报，1984(1)：39.

僧在《西游记》中并不是一个可有可无的人物,也不是一个无足轻重的人物,他是一个默默无闻的无名英雄"。[①] 他认为沙僧的个性是"性格内向""接近社会现实""安分守己"的形象。曹炳建在《封建时代普通民众的人格写照——〈西游记〉沙僧形象新论》一文中,认为沙僧"体现了中华民族普通民众善良老实、埋头苦干、任劳任怨的优秀品质"。[②] 而他的个性特点则主要有"自觉的'赎罪'意识""驯顺服从,明哲保身""任劳任怨,埋头苦干""秉性善良""世故但不圆滑",并且曹炳建认为所有这些个性特点的形成,与中国古代社会农耕文明的体制和文化特征相联系。

沙僧这一普通民众在取经的途中起到了重要的调和作用,"我们发现沙僧确实经常担起调和与凝聚的任务。沙僧的调和通常是表现在止争和顺从两方面"。[③] 止争是止息孙悟空与猪八戒、唐僧之间的矛盾斗争;顺从则是服从其他人的意见,正是这种顺从的态度化解了许多不必要的争执,有助于取经的成功。

二、"任劳任怨实干家"

有研究者认为沙僧身上体现了中国古代民众所具有的"任劳任怨、埋头苦干"的实干精神,并认为这种特征是宗法制度、君主专制制度和儒家思想共同作用而形成的。

对沙僧的这种任劳任怨的实干精神进行详细论述的是曹炳建的《封建时代普通民众的人格写照——〈西游记〉沙僧形象新论》。曹炳建认为,形成沙僧这种精神的主要原因"就在于农耕文明背景下的宗法制度,以及建立于其上的君主专制制度,并包括为之服务的儒家伦理型政治思想等。"[④] 伍林光在《美德与奴性的结合——浅析〈西游记〉中沙僧形象》一文,从"唯和是贵""唯正是尚""唯法是求"三个方面论述了沙僧身上集中了中华民族的传统美德,说明这正是封建时代普通民众的人格写照。在"维和是贵"一节中,认为沙僧在取经四众中承担了调和的重要作用,他对人止正,于己顺从,主动调节取经队伍内部矛盾;在"唯正是尚"中,在取经路上,沙僧对工作尽职尽责,踏踏实实,不计个人得失,没有非份之想,料理唐僧起居、登山牵马等平凡琐事都被他料理得有条不紊;在"唯法是求"中,论述了沙僧性格中的缺陷,沙僧"和事佬"的身份使他不能像孙悟空一样,敢说敢干,充分表达自己的喜怒哀乐,"苦行僧"的意识,则让他不能像猪

[①] 刘士昀. 论《西游记》中的沙僧形象[J]. 思想战线,1984(5):26.
[②④] 曹炳建. 封建时代普通民众的人格写照:《西游记》沙僧形象新论[J]. 明清小说研究,2003(1):26.
[③] 张静二. 论沙僧[G]//梅新林,崔小敬. 20世纪《西游记》研究. 北京:文化艺术出版社,2008:598.

八戒一样,肆无忌惮地追求世俗中的七情六欲。赎罪意识和奴仆身份决定了沙僧的性格缺陷。

沙僧是农耕文明背景下普通劳动人民的典型代表。早在农耕文明时期,人们主要从事着"耕种—收获"这样周而复始的生产过程,主要是迁徙的生活方式,很少有村落定居生活。人们与黄土地那种相互依存又相互斗争的生存模式,逐渐养成了中华民族的务实精神和善良品格,并由此形成为我们民族的优秀传统。正是在这些优秀传统的熏陶下,中华民族创造了光辉灿烂的文化。沙僧身上的种种优点——善良老实、埋头苦干、任劳任怨、默默奉献,都是中华民族优秀传统的具体体现,都带有农耕文明条件下国民性格的基本特征。

沙僧形象既体现了任劳任怨的国民实干精神,又代表了农耕文明背景下普通民众的基本性格特征。他的善良老实、埋头苦干、任劳任怨、默默奉献,都是中华民族的传统美德,开创任何一项伟大的事业,这些美德都是不可或缺的。

如若将孙悟空和沙僧形象进行比较的话,可以看出沙僧所独有的特点。孙悟空从不将大闹天宫看成难以饶恕的罪过,动不动便神采飞扬地宣扬自己大闹天宫的英雄壮举;沙僧却有着自觉的赎罪意识。孙悟空傲视一切权威,对玉皇大帝、普天神祇,乃至如来佛祖,都表现出最大的不恭,没有丝毫的奴颜媚骨;沙僧则对一切权威均表现出最大的顺从。孙悟空敢于斗争、善于斗争,以"斗"为人生最大的乐趣,以斗士的潇洒直面惨淡的人生;沙僧却以和为贵,缺乏最起码的抗争精神。孙悟空身为取经僧,却是个"闯祸的个都头",一路上"专寻人的不是",把那"莫管他人瓦上霜"的古训遗忘得一干二净;沙僧则任劳任怨、埋头苦干,在任何艰难的情况下都不忘取经大业。这种鲜明的对比更可以看出沙僧身上善良老实、埋头苦干、任劳任怨、默默奉献的精神。

三、"苦行僧"

有研究者认为沙僧是取经队伍的"苦行僧"。张静二的《论沙僧》是对沙僧形象分析得较为全面的一篇文章,该文章认为沙僧"在史实上,似有蛛丝马迹可寻;在文学作品里,则由绚烂的深沙神变成了沉默的苦行僧"。[①] 张锦池在《论沙和尚形象的演化》一文中,认为沙僧是个"唯法是求""唯师是尊""唯和是贵""唯正是尚"的"苦行僧","假若把神学问题化为世俗问题","沙和尚当是个品位不高的循吏的典型"。[②]

《西游记》中的沙僧就其思想性格的总体特点来说,当属品位不高的循吏的

---

① 张静二.论沙僧[G]//梅新林,崔小敬.20世纪《西游记》研究.北京:文化艺术出版社,2008:603.
② 张锦池.论沙和尚形象的演化[J].文学遗产,1996(3):45.

典型。其立身也，唯法是求，唯师是尊，唯和是贵，唯正是尚；其为人也，罕言寡语而思虑周密，处事审慎而外圆内方，宁静淡泊而坚韧不拔，无贪无嗔无烦恼而有爱有憎有原则，甘居卑位而胸怀大局。盖因其在书中五行属土，作者便有意以土喻之，不只谓其是个"晦气色脸的和尚"，还将其性情写成像土一样的中和、像地气一样的恒温而痴迷于默默中作出奉献，使之不仅以自己的智慧和才干全力地卫护着唐僧西行求法，还以自己的一片丹心维系着取经群体的内部团结，成为这一取经群体的另一种精神脊梁而与横扫妖魔的孙悟空相匹。

总之，沙僧在《西游记》中的位置并不是可有可无的，他是一个默默无闻的无名英雄。在现实生活中，这样的无名英雄数量是最多的。当然，任何时候都需要像孙悟空那样勇于冲锋陷阵、勇敢无畏的英雄；同样，任何时候也离不开无名英雄辛勤、默默无闻地劳动。可以说这一点便是沙僧人物形象的典型意义。

第二节 观音形象诠释

观音菩萨在《西游记》中有着较为突出的地位，在《西游记》回目中出现观音形象的有："观音赴会问原因 小圣施威降大圣""我佛造经传极乐 观音奉旨上长安""唐王秉诚修大会 观音西显圣化金蝉""孙行者大闹黑风山 观世音收服熊罴怪""孙悟空三岛求方 观世音甘泉活树""大圣殷勤拜南海 观音慈善缚红孩""三藏有灾沉水宅 观音救难现鱼篮""行者假名降怪猴 观音现像伏妖王"等。另外，也有很多回目中不曾标出观音而内容中出现了观音形象。观音的活动贯穿于整个取经过程中。小说《西游记》则借观音帮助唐僧师徒克服取经困难的情节，艺术性地再现了"称名救苦，随类应现"的观音形象。对观音形象的考察也成为研究者关注的内容之一。

历代研究者对于小说中观音形象进行了多层次的解读，其中有从古代民间观音信仰来考察观音形象，有周秋良的《〈西游记〉中的观音形象及其民间性》；从社会学的角度来理解观音形象，如张锦池的《论〈西游记〉中的观音形象》；从民俗学角度来把握小说中观音形象，如陈文新的《〈西游记〉与民俗文化》。

周秋良的《〈西游记〉中的观音形象及其民间性》认为，小说中塑造的观音形象体现了古代民间对观音的信仰，也就是说，古代民间对观音的崇拜热潮是小说塑造观音形象的源泉。

明朝社会三教合一，从皇帝到普通民众，对佛教信仰的推崇和对观音的信仰更为突出。在一般人心目中，观音的地位不只是超过了其他菩萨，甚至超过了如来。在当时的皇宫里还出现了观音神授经书的传说，如明成祖之妻徐皇后在焚香静坐诵经时,忽见阁中充满紫金光,观音菩萨现身,她的意识也随着观音到了"耆门者崛第一道场"的净土世界,观音在此授予她《第一希有大功德经》。她醒后取笔记下了此经,并命名为《大明仁皇后梦感佛说第一希有大功德经》。她还把明成祖能顺利登位,归功于持念此经的灵验。同时,在民间宗教信仰中,观音成为它们供奉的主要神祇,把观音与吕祖、济公、关帝等相提并论。

在这种民间宗教逐渐兴盛的环境下,观音信仰更为世俗化,整个社会对观音的热情非常高,各种供奉观音菩萨的寺庙尼庵也遍及全国各地,不可胜数。如明朝万历年间(约万历二十年,1592 年),宛平知县沈榜对北京城内外的寺庙进行调查,根据其《宛署杂记》可知,北京城内有观音寺 7 座、城外 6 座;观音庵城内 8 座、城外 10 座;观音庙城内 1 处、城外 2 处;观音堂城内 3 座、城外 7 座,共计 41 座寺庙。由此可见,全国各地信仰观音的盛况。

《西游记》中的观音形象就是这种观音信仰下的反映。小说全面表现了民间观音信仰的内容,不仅把一些流传的民间观音故事纳入到具体情节中,如观音化老母、观音现鱼篮等,同时还通过一些热情洋溢的赞语来表达人们礼拜观音的热情。如金头揭帝去请菩萨来降白龙,那菩萨降了莲台,径离仙洞,与揭帝驾着祥光,过了南海而来,有诗赞曰:"佛说蜜多三藏经,菩萨扬善满长城,摩诃妙语通天地,般若真言就鬼灵。致使金禅重脱壳,故令玄奘再修行,只因路阻鹰愁涧,龙子归真化马形。"①当观音帮助行者收服了熊罴怪,带回落伽山,又有诗赞曰:"祥光蔼蔼凝金像,万道缤纷实可夸。普济世人垂悯恤,遍观法界现金莲,今来多为传经意,此去原无落点瑕,降怪成真归大海,空门复得锦袈裟。"②当观音随着悟空去五仙观,又有诗赞曰:"玉毫金象世难论,正是慈悲救苦尊,过去劫逢无垢佛,至今成得有为身,几生欲海澄清浪,一片心田绝点尘,甘露久经真妙法,管教宝树永长生。"③这些"普济世人""慈悲救苦"等赞语正是人们对观音最基本、也是最广泛的看法。

从神魔小说的发展历史来看,《西游记》的出现,使得观音从被顶礼膜拜的符号,变成了集真、善、美于一身的艺术形象。观音的神力与现实相联系,从抽象变成为独立的存在实体,成为了一个文学典型。取经故事传播过程中对于观音菩萨的塑造,也反映了佛教世俗化的过程。

张锦池的《论西游记的观音形象》从社会文化的角度分析,认为作品中的人物形象都是作者想象中的自我,集中表现了作者的价值观念和政治理想。因此

---

① 吴圣昔.《西游记》百家汇评本[M]. 武汉:长江文艺出版社,2007:109.
② 吴圣昔.《西游记》百家汇评本[M]. 武汉:长江文艺出版社,2007:130.
③ 吴圣昔.《西游记》百家汇评本[M]. 武汉:长江文艺出版社,2007:154.

集母性力量和女性美于一体的观音女神寄予了作者的政治理想。该文章通过论述观音与孙悟空的关系,"惜之用之""束之诲之""勉之助之""谅之容之",表达了观音是帮助孙悟空取经成功、道德完善的重要女性。唯才是举、慈悲善良的观音与不会用人、宠佞轻贤的玉帝形成了鲜明的对比,观音成为悟空的良师益友,这实际上是作者对朦胧平等自由观念的向往,折射出现实社会的丑陋和罪恶。

陈文新的《〈西游记〉与民俗文化》从民俗学的角度分析了观音的世俗性、人情味,认为观音在作品中的"母性"品格表现得十分明显,孙悟空作为一个被佛封为"斗战胜佛"的英雄角色,对观音女神有着一种深层的母性依赖心理,观音对孙悟空也时常表现出一种广博的母性关爱。作为母亲,她会在孙悟空遇难时伸之以援助之手;当孙悟空被压在五行山下时,观音第一个去探望他,并诉之以解脱之法;孙悟空会在无处可去时找观音垂泪诉苦,观音则会像一个慈爱的长者耐心询问"有甚伤感之事,明明说来",并细心安慰:"莫哭,莫哭,我与你救苦消灾也。"悟空也是以民主平等的方式对待菩萨,会对她发牢骚:"这菩萨也老大悫懒!""该他一世无夫!"正是这些细节刻画增添了观音浓厚的人情味,使其形象有血有肉,更加丰满。

刘勇强的《论〈西游记〉对观音形象的重塑》从观音的民间信仰和观音的世俗性两方面分析了观音的形象。他同样认为"观音实际上成了中国民间佛教乃至整个民间信仰的一个核心。"①作者正是利用民间信仰中观音所固有的、广泛的英雄,"妙手新裁,遂使庄严变为亲切,神力化作人力"。②《西游记》中描写观音救灾救难、慈爱心善,"反映了人民群众朴素、善良的愿望,并由于她的特殊身份成为《西游记》世俗化倾向的生动体现"。③

民间观音信仰、作者政治理想是把观音作为女神这一角色进行分析的,而世俗性、母性特征则更多的是把观音作为一名普通的女性进行分析的。笔者更倾向于后者的观点——观音的世俗性、母性特征。女性所特有的善良体贴、关爱生命、庇护生灵的心理和性格特征,在观音身上得到了充分的体现。如果剥去其神性的光环,观音便是一普通的民间女性。

第三节　二郎神形象诠释

在《西游记》中,二郎神出现次数很少,只是一个配角。他只在第六回和第

---

① 刘勇强.论《西游记》观音形象的重塑[J].民间文学论坛,1991(1):42.
②③ 刘勇强.论《西游记》观音形象的重塑[J].民间文学论坛,1991(1):43.

六十三回中出现,却与孙悟空一样承载着作者的理想和价值观,有着深厚的文化内蕴。

一、二郎神原型

在《西游记》中,作者将二郎神塑造成一个近乎完美的英雄形象。比如第六回"观音赴会问原因,小圣施威降大圣"中描绘的二郎神:

> 仪容清秀貌堂堂,两耳垂肩目有光。头戴三山飞凤帽,身穿一领淡鹅黄。缕金靴衬盘龙袜,玉带团花八宝妆。腰挎弹弓新月样,手执三尖两刃枪。斧劈桃山曾救母,弹打棕罗双凤凰。力诛八怪声明远,义结梅山七圣行。心高不认天家眷,性傲归神住灌江。赤城昭惠英灵圣,显化无边号二郎。①

在《西游记》中,二郎神堪称内外兼美。他不仅有一副好相貌,而且有很大的人格魅力,这一点从孙悟空对他的态度可知。齐天大圣的高傲是人所共知的。纵观一部《西游记》,佛家的两位至尊,如来被他讥为"妖精的外甥",观音被他骂做"一世无夫";道家的两位领袖,玉帝和老君一概被他以"老官"视之;取经同行,白龙马和沙僧自不待言,猪八戒时常受他捉弄,唐僧凭着紧箍咒也只能让他畏惧,而不是真心服帖。其他众神魔就更不在其话下了。但二郎神却受到了孙悟空的由衷钦佩。例如,第六十三回,孙悟空想请七圣兄弟助战,却让猪八戒出马,因为"内有显圣大哥,我也曾受他降伏,不好见他"。语气中颇显敬畏。见面之后,孙悟空又说:"向蒙莫大之恩,未展斯须之报。虽然脱难西行,未知功行何如。今因路遇祭赛国,搭救僧灾,在此擒妖索宝。偶见兄长车架,大胆请留一助,未审兄长自何而来,肯见爱否。"②如此内外兼美的二郎神,他的形象来源是在前代相关英雄传说整合的基础上形成的。

前代关于二郎神英雄传说,主要有:道教的赵昱、佛教的毗沙门天王的二太子独健、中国民间传说的修筑都江堰李冰之子李二郎。《西游记》中的二郎神则指玉帝之妹下凡与杨君所生的杨二郎。李二郎因协助其父李冰治水有功而受到民间的推崇,在元朝他被封为"英烈昭惠灵显仁右王",在《西游记》第六回中他所报的封号就是这个。赵昱曾学道,后为官,为官期间曾杀过蛟龙、治过江水,因此受到民间的尊崇,被封为"清源妙道真君"。赵昱的行径在元杂剧《二郎神锁齐天大圣》中被充分运用。在《西游记》中,作者借孙悟空之口说出二郎神

---

① 吴圣昔.《西游记》百家汇评本[M].武汉:长江文艺出版社,2007:40.
② 吴圣昔.《西游记》百家汇评本[M].武汉:长江文艺出版社,2007:477.

的身份:"我记得玉帝妹子思凡下界,配合杨君,生一男子,曾使斧劈桃山的,是你吗?"①可见是说杨二郎斧劈华山的故事。弹词《新编说唱宝莲灯华山救母全传》则记录了斧劈华山的故事。

由此,二郎神的形象在综合以上诸传说的基础上形成为具有传奇色彩的英雄人物。此一形象多次被搬上舞台、编入小说,产生广泛的影响。

二、作者理想承载者

研究者对二郎神的研究,主要是集中在探究二郎神的原型、推演西游故事中二郎神形象的演变、探究作家的创作心态方面。对二郎神形象的主要观点与孙悟空一样是"作者理想的承载者"。

王平的《从二郎神形象略窥〈西游记〉创作心态》是研究二郎神的较为完备的文章。该文章从二郎神的传说、二郎神形象的演变、《西游记》中的二郎神三方面,认为他体现了作者的创造心态和作者的理想:"民灾翻出衣冠中,不为猿鹤为沙虫。坐观宋室用五鬼,不见虞廷诛四凶。野夫有怀多感激,扶事临风三叹息。胸中磨损斩邪刀,欲起平之恨无力。救月有矢救日弓,世间岂谓无英雄?谁能为我致麟凤,长令万年保合清宁功。"②"作者对社会上鬼魅横行、群魔乱舞的现实痛心疾首,但自己又没有足够的力量去斩除这些恶势力,便将希望寄托在二郎神这一民间传说的英雄身上。"③王平认为,若将孙悟空和二郎神相比较,作者更偏向于二郎神。作者在孙悟空西天取经的框架基础上,融入了自己的社会理想,"既让他所喜爱的齐天大圣充分展示其反叛的个性,又让他所崇敬的二郎神降妖伏魔、保合清宁。通过艺术形象以抒写自己的某种人生感慨,这正是吴承恩创作《西游记》的美学追求,所以才把二郎神描绘得如此庄重威严,以至于超过了齐天大圣——孙悟空"。④

赵旭在《〈西游记〉中的二郎神形象刍议》中也同样认为二郎神是"比肩悟空的理想承载者"。该文章分析了二郎神是在诸多英雄传说基础上形成的一个近乎完美的英雄形象,认为"二郎神却在整体上和孙大圣有着诸多相似之处,与孙

---

① 吴圣昔.《西游记》百家汇评本[M].武汉:长江文艺出版社,2007:40.
② 吴承恩.二郎搜山图歌[G]//吴承恩诗文集笺校.刘修业,辑校.刘怀玉,笺校.上海:上海古籍出版社,1991:43.
③ 王平.从二郎神形象略窥《西游记》创作心态[G]//梅新林,崔小敬.20世纪《西游记》研究.北京:文化艺术出版社,2008:612.
④ 王平.从二郎神形象略窥《西游记》创作心态[J]//梅新林,崔小敬.20世纪《西游记》研究.北京:文化艺术出版社,2008:612.

悟空一样承载着作者的理想和价值观,同时他也对孙悟空的形象起着强化作用"。① 随后文章从四个方面将二郎神与孙悟空进行了对比:"首先,二郎神心高气傲,不受约束,这一点绝不亚于孙大圣。其次,二郎神本领高超,实力过人,这一点甚至压过孙悟空一头。第三,二郎神与孙悟空一样具有强烈的英雄侠气,嫉恶如仇,除恶务尽。孙悟空对妖魔毫不容情,总要杀之而后快,这一点二郎神也毫不逊色。"② 不只有孙悟空承载了作者的理想和价值观,二郎神也毫不例外。

　　将二郎神作为作者理想承载者,并非只有吴承恩,蒲松龄在《聊斋志异·席方平》一文中,也讲述了二郎神的正义和大公无私。席方平的父亲被阴间贪赃枉法的阎王所害,席方平便上天界向二郎神伸冤,这也从侧面表现了二郎神的正义。之后,二郎神反而成为了司法天神,专门捉拿妖魔鬼怪。这便显示出蒲松龄面对社会的黑暗,希望可以出现二郎神之类的英雄人物,扫荡妖魔,使社会得以清平。在《西游记》中,将二郎神理解为与孙悟空一样的作者理想承载者的观点,恰恰是建立在对当时社会背景、作者理想充分理解的基础之上,并非空穴来风。这种观念既接近社会现实,有历史厚重感,又贴近作品文本。而这种将社会背景与文本作品相结合来理解人物形象的方法,也应被我们吸收、借鉴。

---

①② 赵旭.《西游记》中的二郎神形象刍议[J].沈阳教育学院学报,2010(3):35.

参 考 文 献

[1] 海德格尔.存在与时间[M].陈嘉映,王庆节,译.北京:三联书店,2008.
[2] 伽达默尔,甘阳.真理与方法:哲学解释学的基本特征(上卷)[M].洪汉鼎,译.上海:上海译文出版社,1992.
[3] 伽达默尔.真理与方法:第2卷[M].洪汉鼎,译.台湾:台湾时报出版公司,1995.
[4] 洪汉鼎.理解与解释:诠释学经典文选[M].北京:东方出版社,2001.
[5] 潘德荣.诠释学导论[M].台湾:五南图书出版有限公司,1999.
[6] 伽达默尔.科学时代的理性[M].薛华,等,译.北京:国际文化出版公司,1988.
[7] 玄奘,辩机.大唐西域记[M].北京:中华书局,2000.
[8] 慧立,彦悰.大慈恩寺三藏法师传[M].北京:中华书局,1983.
[9] 朱熹.四书章句集注[M].北京:中华书局,1983.
[10] 孙楷第.中国通俗小说书目[M].北京:人民文学出版社,1982.
[11] 孙楷第.日本东京所见小说书目[M].北京:人民文学出版社,1982.
[12] 江苏社科院文学研究所.中国通俗小说总目提要[M].北京:中国文联出版公司,1990.
[13] 孔另境.中国小说史料[M].上海:上海古籍出版社,1982.
[14] 蒋瑞藻.小说考证[M].江竹虚,标校.上海:上海古籍出版社,1984.
[15] 朱一玄,刘毓忱.西游记资料汇编[M].天津:南开大学出版社,2002.
[16] 吴承恩.吴承恩诗文集笺校[M].刘修业,辑校.刘怀玉,笺校.上海:上海古籍出版社,1991.
[17] 李贽.焚书[M].北京:中华书局,1961.
[18] 谢肇淛.五杂俎[M].上海:上海书店出版社,2001.
[19] 梁启超.清代学术概论[M].上海:上海古籍出版社,1998.
[20] 梁启超.中国近三百年学术史[M].北京:东方出版社,1996.
[21] 王国维.宋元戏曲史[M].北京:上海古籍出版社,1998.
[22] 鲁迅.中国小说史略[M].北京:人民文学出版社,1973.
[23] 胡适.胡适古典文学研究论集[M].上海:上海古籍出版社,1988.

[24] 郑振铎.中国文学研究[M].北京:人民文学出版社,1999.
[25] 赵景深.中国小说论集[M].上海:上海永祥印书馆,1950.
[26] 游国恩.中国文学史[M].北京:人民文学出版社,1964.
[27] 章培恒,骆玉明.中国文学史[M].上海:复旦大学出版社,1996.
[28] 齐裕焜.中国古代小说演变史[M].敦煌:敦煌文艺出版社,1990.
[29] 齐裕焜.明代小说史[M].杭州:浙江古籍出版社,1997.
[30] 陈大康.明代小说史[M].上海:上海文艺出版社,2000.
[31] 张俊.清代小说史[M].杭州:浙江古籍出版社,1997.
[32] 叶朗.中国小说美学[M].北京大学出版社,1982.
[33] 王先霈,周伟民.明清小说理论批评史[M].花城出版社,1988.
[34] 黄霖.中国小说研究史[M].浙江古籍出版社,2002.
[35] 孙琴安.中国文学评点史[M].上海:上海社会科学院出版社,1999.
[36] 谭帆.中国小说评点研究[M],上海:华东师范大学出版社,2001.
[37] 尚学锋.中国古典文学接受史[M].济南:山东教育出版社,2000.
[38] 杨义.中国古典小说史论[M].北京:中国社会科学出版社,1995.
[39] 孙逊.明清小说论稿[M].上海:上海古籍出版社,1986.
[40] 程华平.中国小说戏曲理论的近代转型[M].上海:华东师范大学出版社,2001.
[41] 陈洪.浅俗之下的厚重:小说、宗教、文化[M].天津:南开大学出版社,2001.
[42] 董国炎.明清小说思潮[M].太原:山西人民出版社,2004.
[43] 胡光舟.吴承恩与《西游记》[M].上海:上海古籍出版社,1980.
[44] 苏兴.《西游记》及明清小说研究[M].上海:上海古籍出版社,1989.
[45] 王国光.西游记别论[M].上海:学林出版社,1990.
[46] 李时人.西游记考论[M].杭州:浙江古籍出版社,1991.
[47] 吴圣昔.西游记新解[M].北京:中国文联出版公司,1989.
[48] 林庚.西游记漫话[M].北京:人民文学出版,1990.
[49] 张锦池.西游记考论[M].哈尔滨:黑龙江教育出版社,1997.
[50] 蔡铁鹰.《西游记》成书研究[M].北京:中国文联出版公司,2001.
[51] 马旷源.西游记考证[M].昆明:云南人民出版社,1993.
[52] 刘耿大.西游记迷境探幽[M].上海:学林出版社,1998.
[53] 李安纲.苦海与极乐[M].上海:东方出版社,1995.
[54] 刘怀玉.吴承恩论稿[M].南京:南京大学出版社,1991.
[55] 杨俊著.西游新论[M].哈尔滨:黑龙江人民出版社,1996.
[56] 陈文新.西游记:彻悟人生[M].武汉:武汉大学出版社,2002.
[57] 作家出版社编辑部编.《西游记》研究论文集[M].北京:作家出版社,1957.
[58] 陆钦.名家解读《西游记》[M].济南:山东人民出版社,1998.
[59] 任继愈.中国哲学史[M].北京:人民出版社,1964.
[60] 牟钟鉴,张践.中国宗教通史[M].北京:社会科学文献出版社,2000.

[61] 任继愈. 中国道教史[M]. 上海:上海人民出版社,1990.
[62] 任继愈. 中国佛教史[M]. 北京:中国社会科学出版社,1981.
[63] 钱穆. 中国近三百年学术史[M]. 上海:上海人民出版社,1997.
[64] 嵇文甫. 晚明思想史论[M]. 上海:东方出版社,1996.
[65] 葛兆光. 中国思想史[M]. 上海:复旦大学出版社,2001.
[66] 冯天瑜. 明清文化史散论[M]. 武汉:华中工学院出版社,1984.
[67] 陈伯海. 近四百年中国文学思潮史[M]. 上海:东方出版中心,1997.
[68] 余英时. 士与中国文化[M]. 上海:上海人民出版社,1987.
[69] 余英时. 文史传统与文化重建[M]. 北京:生活·读书·新知三联书店,1986.
[70] 王运熙,顾易生. 中国文学批评通史[M]. 上海:上海古籍出版社,1996.
[71] 钱钟书. 谈艺录[M]. 北京:中华书局,1984.
[72] 汪学群. 清初易学[M]. 北京:商务印书馆,2004.
[73] 卢升法. 儒学与现代新儒家[M]. 沈阳:辽宁大学出版社,1994.
[74] 姜光辉. 走出理学:清代思想发展的内在理解[M]. 上海:辽宁教育出版社,1997.
[75] 马德邻. 宗教,一种文化现象[M]. 上海:上海人民出版社,1987.
[76] 方立天. 中国佛教与传统文化[M]. 上海:上海人民出版社,1988.
[77] 孙昌武. 佛教与中国文学[M]. 上海:上海人民出版社,1988.
[78] 葛兆光. 禅宗与中国文化[M]. 上海:上海人民出版社,1986.
[79] 陈少峰. 宋明理学与道家哲学[M]. 上海:上海文化出版社,2001.
[80] 张广保. 唐宋内丹道教[M]. 上海:上海文化出版社,2001.
[81] 萧汉明,郭东生. 周易参同契研究[M]. 上海:上海文化出版社,2001.
[82] 张建业. 李贽评传[M]. 福州:福建人民出版社,1981.
[83] 陈来. 有无之境:王阳明的哲学精神[M]. 北京:人民出版社,1991.
[84] 冈田武彦. 王阳明与明末儒学[M]. 上海:上海古籍出版社,2000.
[85] 浦安迪. 明代小说四大奇书[M]. 北京:中国和平出版社,1993.
[86] 夏志清. 中国古典小说史论[M]. 南昌:江西人民出版社,2001.
[87] 柳存仁. 全真教和小说《西游记》[M]. 北京:北京书目文献出版社,1987.
[88] 竺洪波. 四百年《西游记》学术史[M]. 上海:复旦大学出版社,2006.
[89] 刘荫柏. 西游记研究资料[M]. 上海:上海古籍出版社,1990.
[90] 江苏省社会科学文学研究所.《西游记》研究[M]. 南京:江苏古籍出版社,1984.
[91] 吴冶.《西游记》研究论文选[M]. 乌鲁木齐:新疆人民出版社,1991.
[92] 梅新林,崔小敬. 20世纪《西游记》研究[M]. 北京:文化艺术出版社,2008.
[93] 王平. 明清小说传播研究[M]. 济南:山东大学出版社,2006.
[94] 冯沅君. 批判胡适的西游记考证[J]. 文史哲,1955(7):39-44.
[95] 胡念贻. 谈《西游记》中的神魔[J]. 中国古典文学论丛,1958(4):12-18.
[96] 李希凡. 谈《西游记》浪漫精神的时代特色[N]. 光明日报,1961-01-01.

[97] 袁世硕. 漫谈孙悟空和《西游记》的时代特色[J]. 山东大学学报(中文版),1961(S3): 60-73.

[98] 苏兴. 关于《西游记》的几个问题[J]. 文学遗产,1962(10):139-153.

[99] 朱彤. 论孙悟空[J]. 安徽师大学报,1978(1):25.

[100] 刑治平. 孙悟空形象剖析[J]. 开封师院学报,1978(3):17-25.

[101] 赵明政. 孙悟空是"新兴市民"的典型形象吗:与朱彤同志商榷[J]. 安徽师大学报, 1978(3):58-63.

[102] 刘勇强. 论《西游记》对观音形象的重塑[J]. 民间文学论坛,1991(1):13-17.

[103] 诸葛志.《西游记》主题思想新论[J]. 浙江师范大学学报,1991(2):13-18.

[104] 马焯容. 明清小说里的三教合流[J]. 明清小说研究,1991(3):218-232.

[105] 刘勇强.《西游记》:奇特的精神漫游[J]. 文史知识,1991(4):11-17.

[106] 李希凡. "神魔皆有人情,精魅亦通世故":谈《西游记》的现实性[J]. 漫话明清小说, 1991(7):27-31.

[107] 冯文楼. 取经:一个多重互补的定义结构:关于《西游记》思想蕴涵的解读[J]. 明清小说研究,1992(1):67-82.

[108] 朱其凯. 论《西游记》的戏谑和超越[J]. 明清小说研究,1992(1):98-103.

[109] 王庆芳. 论《西游记》的人生哲理启迪[J]. 孝感师专学报,1992(3):56-60.

[110] 王齐洲.《西游记》与宋明理学[J]. 天津社会科学,1992(4):76-82.

[111] 陈洪. 牛魔王佛门渊源考证[J]. 南开大学学报,1992(5):65-68.

[112] 竺洪波. 论唐僧的精神[J]. 明清小说研究,1993(3):52-62.

[113] 陈洪. 从须菩提看《西游记》的创作思路[J]. 文学遗产,1993(1):21-25.

[114] 杨俊. 试论《西游记》与"心学"[J]. 云南社会科学,1993(1):96-100.

[115] 刘宏彬. 关于孙悟空原型的符号美学思索[J]. 中州学刊,1993(2):86-91.

[116] 竺洪波.《西游记》四题[J]. 宁波师院学报,1993(4):31-36.

[117] 诸葛志.《西游记》主题思想新论续篇[J]. 浙江师范大学学报,1993(4):56-57,86.

[118] 邹少雄. 人类超我意识的集中体现:论《西游记》中孙悟空形象[J]. 学术交流,1993 (6):104-109.

[119] 徐朔方. 评《全真教和小说西游记》[J]. 文学遗产,1993(6):97-100.

[120] 陈荣林,周应堂. 一个求生存的典型形象:关于《西游记》中猪八戒形象的探讨[J]. 上海师范大学学报,1994(1):154-155.

[121] 田同旭.《西游记》是部情理小说:《西游记》主题新说[J]. 山西大学学报,1994(2): 67-72.

[122] 花三科. 佛表道里儒骨髓:《西游记》管窥再得[J]. 宁夏大学学报,1994(3):22-28.

[123] 宁稼雨.《西游记》主人公形象的原型精神[J]. 南开大学学报,1994(1):85-91.

[124] 贾三强. 禅门心法:也谈《西游记》的主题[J]. 咸阳师范专科学校学报,1994(1): 24-28.

[125] 王平. 从二郎神形象略窥《西游记》创作心态[J]. 求是学刊,1994(4):83-88.

[126] 杨义.《西游记》:中国神话文化的大器晚成[J]. 中国社会科学,1995(1):171-185.
[127] 克珠群佩,王意如.论《西游记》的崇佛倾向[J]. 宗教学研究,1995(1-2):39-43.
[128] 夏敏.沙僧形象与西域文化[J]. 明清小说研究,1995(2):127-134.
[129] 石麟.心猿意马的放纵与收束:《西游记》主题新探[J]. 湖北师范学院学报,1995(2):73-77.
[130] 张锦池.论唐僧形象的演化[J]. 学习与探索,1995(5):124-134.
[131] 张锦池.阿Q的远祖:猪八戒形象漫论[J]. 北方论丛,1995(6):8.
[132] 竺洪波.自由:《西游记》主题新说[J]. 上海大学学报,1996(2):45-51.
[133] 张锦池.论沙和尚形象的演化[J]. 文学遗产,1996(3):97-107.
[134] 曹炳建.孙悟空形象的深层意蕴与民族精神[J]. 河南大学学报,1996(5):14-18.
[135] 张锦池.宗教光环下的尘俗治平求索:论世本《西游记》的文化特征[J]. 文学评论,1996(6):132-141.
[136] 郭明志.西游:厚德载物与自强不息的精神漫游《西游记》寓意浅释[J]. 北方论丛,1996(6):78-84.
[137] 潘富恩.谈阳明心学与《西游记》的心路历程[J]. 运城高专学报,1997(1):17-18.
[138] 冯巧英.论《西游记》的心性说主题[J]. 运城高专学报,1997(1):24-28.
[139] 张锦池.论猪八戒的血统问题[J]. 明清小说研究,1997(2):70-85.
[140] 宋谋瑒.是奥义发明,还是老调重弹:评李安纲教师的《西游记》研究[J]. 山西师范大学学报,1997(2):38-43.
[141] 张乘健.略论《西游记》与道教[J]. 河南大学学报,1997(6):32-35.
[142] 杨俊.《西游记》与"心学"新论[J]. 河东学刊,1998(1):38-41.
[143] 黄霖.关于《西游记》的作者和主要精神[J]. 复旦学报,1998(2):78-84,142.
[144] 夏敏.牛魔王:初民心灵世界的回光返照[J]. 明清小说研究,1998(2):86-93.
[145] 单良.试论《西游记》中沙僧形象的塑造[J]. 中山大学学报,1998(2):59-65.
[146] 杨俊.一部人生的悲喜剧:《西游记》文化心态透视[J]. 河东学刊,1999(1):28-30.
[147] 萧相恺.孙悟空形象的文化哲学意义[J]. 古典文学知识,1999(4):85-91.
[148] 黄霖.对于自我价值和人性美的追求:关于《西游记》的主要精神[J]. 古典文学知识,1999(4):51-57.
[149] 曹炳建."醇儒"人格的反思与批判:唐僧新论[J]. 中州学刊,1999(4):110-112.
[150] 宋克夫.主体意识的弘扬与人格的自我完善:孙悟空形象塑造新论[J]. 湖北大学学报,2000(2):33-37.
[151] 曹炳建.天界佛国入世情怀:《西游记》儒家思想论略[J]. 运城高专学校学报,2000(5):31-37.
[152] 王齐洲.《西游记》与《心经》[J]. 学术月刊,2001(8):78-83.
[153] 梅新林,崔小敬.《西游记》百年研究:回视与超越[J]. 文艺理论与批评,2002(2):100-109.
[154] 曹炳建.仙界道门的荣幸与尴尬:《西游记》道教思想论略[J]. 运城高等专科学校学

报,2002(4):32-40.

[155] 曹炳建.封建时代普通民众的人格写照:《西游记》沙僧形象新论[J].明清小说研究,2003(1):127-140.

[156] 袁世硕.清代《西游记》道家评本解读[J].文史哲,2003(1):150-155.

[157] 钟扬.《二郎搜山图歌》与《西游记》[J].明清小说研究,2004(2):55-56.

[158] 胡莲玉.《西游记》主题接受考论[J].明清小说研究,2004(3):32-45.

[159] 宁荣生.《西游记》:精神分析之旅[J].江西社会科学,2004(3):103-105.

[160] 曹炳建.多重文化意义下的探索与追求:《西游记》孙悟空形象新论[J].南阳师范学院学报,2004(11):52-59.

[161] 张英.《西游记》对"二郎"原型的改造与重塑[J].南阳师范学院学报,2005(2):60-62.

[162] 王平.论《西游记》的原旨与接受[J].东岳论丛,2003(5):89-93.

[163] 葛剑雄,胡鞍钢,林毅夫.改变世界经济地理的"一带一路"[M].上海:上海交通大学出版社,2015.

[164] 竺洪波.鲁迅、胡适与《西游记》研究的现代转型:"五四"时期《西游记》学术史论之一[J].明清小说研究,2005(1):66-76.

[165] 竺洪波."一带一路"与"大西游文化"研究[J].江苏海洋大学学报,2020(1):76-85.

[166] 金莹.2019《西游记》高端论坛在沪举行,学者热议:为大众把好"知识安全"的第一道关[N].文学报,2019-12-19(4).

[167] 姜娜,徐习军.承旧开新:"一带一路"背景下《西游记》学术研究的转型:2019《西游记》高端论坛综述[J].江苏海洋大学,2020(1):86-95.

[168] 赵敏.符号的漂移:"一带一路"视域中的玄奘符号演化及其当代价值[J].观察与研究,2019(3):51-59.